휠체어 무용가 김용우

?

?

누구 시리즈 **7**

휠체어무용의 전설 김용우 - **누구 시리즈 7**
김용우 지음

초판1쇄 발행 2017년 12월 19일

지은이 김용우
펴낸이 방귀희
펴낸곳 도서출판 솟대
등 록 1991년 4월 29일
주 소 서울시 금천구 서부샛길 606, 대성지식산업센터 b동 2506-2호
전 화 02)861-8848
팩 스 02)861-8849
홈주소 www.emiji.net
이메일 klah1990@daum.net

제작 · 판매 연인M&B 02)455-3987

값 10,000원

ISBN 978-89-85863-66-7 03810

주최 사 한국장애예술인협회

후원 문화체육관광부   한국장애인문화예술원
Korea Disability Arts & Culture Center

국립중앙도서관 출판시도서목록(CIP)

이 도서의 국립중앙도서관 출판예정도서목록(CIP)은 서지정보유통지원시스템 홈페이지
(http://seoji.nl.go.kr)와 국가자료공동목록시스템(http://www.nl.go.kr/kolisnet)에서
이용하실 수 있습니다.

CIP제어번호 : CIP2017030910

7

누구 시리즈

휠체어무용의 전설
김용우

김용우 지음

휠체어를 소품으로 만든
춤꾼의 명연기

도서출판
솟대

진정한 춤꾼이 되고 싶다

나는 무용수입니다. 휠체어에 앉아서 춤을 추지요. 그것을 휠체어무용이라고 합니다. 만약 교통사고로 하반신이 마비되는 장애를 갖지 않았더라면 나는 춤을 만나지 못하였을 것입니다.

그리고 춤을 추지 않았더라면 사랑하는 아내도 만나지 못했겠지요.

휠체어가 제 몸이 된 지 벌써 20년이 되었습니다. 사고 후 병원에서 휠체어를 탔을 때는 회복하면 벌떡 일어날 줄 알고 아무렇지도 않았었는데 '앞으로는 휠체어 생활을 해야 합니다.' 라는 의사의 진단을 받고 휠체어를 쳐다보니 끔찍해 보였습니다.

그 후 나는 휠체어에서 벗어나기 위해 발버둥을 쳤지만 그럴수록 나만 처참해졌습니다. 그러다 춤을 만나 휠체어가 내 몸이 되자 그때부터 나를 아름답게 봐주었습니다.

내 인생에서 춤을 빼놓을 수 없을만큼 나는 춤에 빠져 내 인생을 불살랐습니다. 그동안 나는 진정한 춤꾼이 되기 위해 도전해 왔고, 앞으로도 나의 도전은 멈추지 않을 것입니다.

내가 요즘 관심을 갖고 있는 것은 핀란드 NGO단체인 ACCAC입니다. 이 단체는 문화예술에 장벽을 없애자는 운동을 펴며 페스티벌을 열고 있습니다. 지난해에 핀란드에 가서 그들의 활동을 보고 우리나라에도 문화예술의 장벽을 없애는 운동이 벌어져야 장애인예술이 인정을 받을 수 있을 것이란 생각이 들었습니다.

　외국 휠체어댄스 동영상을 보고 가슴이 뛰어 아무것도 할 수 없었던 내가 휠체어댄스스포츠라는 꿈을 찾았듯이 내가 하는 휠체어무용을 보고 절망 속에서 새로운 희망을 발견할 수 있도록 해 주는 것이 내가 춤을 추는 이유입니다.

　앞으로 더욱 열심히 공부하며 부끄럽지 않은 휠체어 춤꾼이 되기 위해 최선을 다 하겠습니다.

2017년 겨울
휠체어 무용가 김용우

차례

강한 아버지

...

아버지는 키도 크고 얼굴도 잘 생겨 보는 사람마다 호감을 가졌다. 게다가 생활력도 강하였다. 그 강인함은 할아버지한테 물려받은 것이 었다. 이북에서 자유를 찾아 월남한 할아버지는 남쪽에는 생활 기반 이 전혀 없었기 때문에 고생을 할 수밖에 없었다. 그날그날 먹고 살기 에 바빴다. 북청물장수였던 할아버지는 아버지에게 늘 이렇게 말씀하 셨다.

"지금 우리가 이렇게 고생한 것이 3대에 가면 나타난다. 니 아들은 부자로 편하니 살끼다."

아버지는 그 말을 굳게 믿고 고생을 하면서도 잘살 것이라는 희망을 굳건히 갖고 있었다.

아버지는 경희대학교 체육학과 출신으로 축구 선수였다. 같은 실향 민으로 고등학교 때 투포환 선수였던 어머니를 만나 결혼을 하였다. 부모님 모두 이북에서 월남한 가족사를 갖고 있어서 가족 간의 유대 관계가 끈끈하였다.

1972년에 태어난 첫아이가 바로 김용우이다. 용우도 아버지를 닮아서 인물이 좋았다. 산동네에 있는 쪽방 그것도 월세집에서 살았지만 부잣집 아들처럼 뽀얗고 귀티가 났다.

하지만 용우네 가족들은 머지 않아 가난에서 벗어날 수 있다는 확고한 신념을 갖고 있었다. 아버지는 자신있게 말씀하셨다.

"우리 용우 중학교 가기 전에 집 사 줄게."

어린 용우는 스스로 가난하다는 생각 없이 구김살 없이 어린 시절을 보냈다. 아버지는 약속을 지키셨다. 초등학교 5학년 때 작은 단독주택을 사서 이사를 했다. 눈치 보지 않고 뛰어다닐 수 있는 공간이 생긴 것이 무엇보다 기뻤다.

아버지는 식당을 운영하셨는데 장사가 잘 돼서 레스토랑 2개를 운영하고 있었다. 은평구요식협회 회장으로 사회활동도 열심히 하셨다. 아버지는 사업가로 능력을 발휘하였다. 그래서 아버지는 늘 바쁘셨다.

"용우야, 아빠 대신 카운터 좀 봐주라."

이렇게 호출을 하면 용우는 두말없이 달려가서 아버지 일을 도왔다. 용우도 아버지 사업을 자기가 물려받을 것이란 막연한 생각을 하고 있었다. 그래서 자신의 미래에 대해 깊이 생각하지 않았다. 그 어떤 꿈도 꾸지 않고 그저 아버지보다 더 큰 레스토랑 사장이 될거란 나름대로의 계획을 갖고 있었다.

어릴 때 동생이랑

군대 시절

유학 시절

휠체어가 몸이 되다

...

    아버지는 자녀가 살아갈 세상은 더 넓어질 것이란 생각에 아들은 호주로 딸은 캐나다로 어학 연수를 보냈다. 대학에서 경영학을 전공한 것은 아버지 사업을 좀 더 규모있게 발전시키기 위해서였고, 어학연수를 간 것은 해외 진출을 위한 준비 차원에서였다.

    호주 어학연수를 마치고 여동생과 함께 귀국하기 위해 캐나다로 갔다. 귀국 전에 로키산맥 여행을 가기로 하고 동생을 포함한 7명의 한국 유학생들이 자동차를 렌트해서 로키산맥을 향해 여행을 떠났다. 여행에 대한 기대감에 잔뜩 부풀어 있던 여행 첫날 그만 사고가 났다. 흰눈을 뒤집어쓰고 있는 로키 산등성이를 보며 '와, 예술이다.' 라고 속으로 감탄사를 쏟아 내고 있었다. 한국에서는 볼 수 없는 장엄한 산세에 압도당하는 느낌이었다. 그런데 어느 순간 비명 소리가 들렸다. 사고였다. 작은 자동차 사고도 경험한 적이 없는 용우는 이러다 죽는 것인가 하는 공포가 업습하였다. 그러다 느닷없이 스릴이 느껴지기도 하였다. 그 아비규환 속에서도 동생의 비명 소리가 귀에 꽂혔다.

"꽉 잡아!"

눈길에 미끄러져서 차량이 언덕 아래로 굴러 전복되었다. 안전벨트를 하지 않은 친구는 차밖으로 튕겨져 나갔고, 안전벨트를 착용한 사람들은 찰과상 정도의 경상을 입었다. 김용우는 안전벨트를 하고 있었지만 좌석 위치가 나빠서 위로 아래로 출렁이면서 척수에 손상을 입었다.

천만 다행인 것은 당시 우리나라에서는 생각지도 못했던 응급처치와 헬기 이송으로 신속하게 진행되었고, 벤쿠버종합병원은 척수장애전문병원이 있어서 김용우는 척수손상 부위를 최소한으로 줄일 수 있었다.

그때가 1997년 10월이었다. 가벼운 찰과상만 입은 동생이 서울로 전화를 했을 때 그의 부모는 아들의 사고 소식에 가슴이 덜컹 내려앉았지만 생명에는 지장이 없다는 말에 진정을 할 수 있었다. 엄마, 아버지두 분 다 벤쿠버로 날아왔다. 올 때는 엄마가 아들을 간호할 생각이었지만 누워서 꼼짝도 못하는 아들을 돌보기 위해서는 아버지가 남는 것이 좋겠다는 판단을 하고 엄마와 동생은 한국으로 돌아갔다.

김용우는 하반신마비 장애를 갖게 되었다. 미래에 대한 꿈이 많던 혈기왕성한 젊은이에게 더 이상 걸을 수 없으니 휠체어를 타야 한다는 의사의 진단은 더 이상 살아 있을 이유가 없는 사형 선고나 다름이 없었다.

하지만 아버지는 의사 말을 믿지 않았다. 아니 믿고 싶지 않았다. 어떻게 해서라도 아들을 예전 모습으로 되돌려야 한다는 일념으로 아들 곁을 지켰다. 아버지는 환자를 보살피는 보호자가 아니라 선수를 훈련시키는 혹독한 트레이너 같았다.

"한 번 더."라고 병원에서 하라고 처방한 횟수보다 더 하도록 하였다. 한 번 더 하면 또 한 번 더 하라고 하였다.

"빨리 가자. 지금 비었어."라고 운동실이 비어 있는 시간을 귀신처럼 알아내어 아들을 데리고 다양한 운동기구가 있는 운동실로 달려갔다. 하지만 그때 용우는 의욕이 없었다. 그래서 아버지와 부딪히기도 하였다.

"아버지, 이제 제발 그만하세요. 아무리 이렇게 해 봤자 소용이 없다구요. 전, 못 걸어요."

"너, 그게 애비 앞에서 할 소리야? 네가 왜 못 걸어. 쓸데없는 소리하지 말고. 어서 다시 해 봐."

용우는 안 되는 것을 억지로 시키는 아버지가 원망스러웠다. 아버지는 틈만 나면 아들 다리를 맞사지해 주었지만 용우는 아버지 손길이 전혀 느껴지지 않아서 더 절망스러웠다. 그래서 용우는 희망이 없다고 생각했다.

캐나다 의사들은 환자에게 상태를 정확히 설명해 주기 때문에 용우는 자신이 할 수 없는 것이 무엇인지 이미 알고 있는데 아버지는 의사의 말을 무시하고 막무가내로 된다며 헛된 희망을 갖고 있는 것이 더욱 화가 났다. 하지만 시간이 지나자 아버지의 신념이 틀리지 않았다는 것이 현실로 드러났다. 용우가 혼자서 할 수 있는 일들이 조금씩 조금씩 늘어났다. 다른 환자들은 보호자가 없이는 꼼짝도 못하였지만 용우는 혼자서도 척척 해냈다. 죽어 있던 신경이 조금씩 살아나서 손상 부위 레벨이 낮아졌다. 김용우 손상이 요추 2번으로 내려간 것은 순전히 아버지의 억척스러운 노력의 결과였다.

캐나다는 병원비가 너무 비싼데다 유학생도 아니고 여행비자로 온 관광객이라서 아무런 혜택이 없었다. 그래서 퇴원을 하고 통원치료를 받기로 하였다. 한국인 집에 하숙을 하며 이동을 할 때는 우리나라 장애인콜택시 같은 리프트 장치가 장착된 특장차를 불렀다.

병원에서는 그 안에 모든 시설이 있어서 자유롭게 이용을 할 수 있었지만 병원 밖으로 나오니 치료시설을 이용하려면 접수를 하고 순서를 기다렸다가 겨우 치료시설을 이용하게 되건만 이용 시간을 엄수해야 해서 원하는 만큼의 치료를 받을 수 없어서 안타까웠다.

복잡하고 만족스럽지 못한 통원치료 중에도 용우를 알아보고 반갑게 인사를 건네는 병원 직원들이 작은 위안을 주었다.

"하이! 스마일 보이!!"

스마일 보이는 용우 별명이었다. 만약 한국에서 병원치료를 받았다면 그렇게 억지로 웃지 않았을 텐데 다른 나라에서 치료를 받다 보니 자기는 김용우 개인이 아니라 한국 사람이었다. 그래서 한국 사람으로 좋은 인상을 심어 줘야 한다는 나름대로의 애국관을 갖고 있었다.

통원치료에 익숙해질 무렵 용우는 아버지에게 제안을 한다.

"아버지, 치료가 하루 이틀에 끝날 일이 아니니 아버지는 한국으로 돌아가세요. 저 혼자서도 얼마든지 통원치료 받을 수 있어요. 사업도 중요하잖아요."

아버지는 매일 전화로 어머니에게 사업 지시를 하셨다. 당시는 국제전화요금이 비쌀 때라서 통신료가 어마어마하였다. 다른 가족을 위해서라도 아버지를 더 붙잡고 있을 수가 없어서 용우는 아버지 등을 떠밀어 한국으로 보내드렸다.

　캐나다에 혼자 남은 용우는 병원 통원치료를 하며 어학연수를 하는 기분으로 열심히 영어 공부를 하였다. 두 달 정도 지난 후 그도 한국으로 돌아가기로 하였다. 완치가 되는 치료도 아닌데 언제까지 병원에만 다닐 수는 없었기 때문이다. 그래서 1998년 4월 귀국 길에 올랐다.

모든 게 낯설다

...

비행기 안에서 용우는 집에 돌아온다는 생각에 들떠 있었다. 집을 떠나온 지가 2년 가까이 되다 보니 알게 모르게 향수병에 걸려 있었다. 한국에 가면 먹고 싶은 것이 많았다. 엄마가 해 주시는 김치찌개도 먹고 싶고, 아버지가 운영하는 레스토랑의 한국식 비프스테이크를 먹고 싶었다. 친구들과 어울려 다니며 먹고 마시던 학교 근처 통닭 맥주집, 친구들과 소개팅을 하던 신촌의 분위기 있는 카페, 젊음을 발산하던 대학로거리 등 가 보고 싶은 곳이 한두 군데가 아니었다.

빨리 집에 가고 싶어서 한국 도착을 알리는 안내 방송을 듣고 비행기 작은 창으로 밖을 내다보았다. 낯익은 풍경이 눈에 들어오자 가슴이 뛰기 시작하였다. 드디어 고국에 돌아오는구나 싶어서 감회가 남달랐다. 만약 사고로 목숨을 잃었더라면 다시 볼 수 없는 광경이었다. 살아 있기에 누릴 수 있는 것들이 새삼 고맙게 느껴졌다.

비행기가 활주로를 달렸다. 마치 어린 시절 놀이기구를 타는 기분이었다. 약간 신이 나 있었다.

"손님, 손님은 승객들 다 나가신 다음에 내리시는 것을 도와드리겠습니다."

비행기 문이 열리기도 전에 자리에서 벌떡 일어나 갖고 내릴 짐을 챙겨 쏜살같이 비행기에서 빠져나갈 수 없다는 사실을 깨달았다. 예전의 자기가 아니라는 것이 온몸에 독소가 퍼지듯 슬픔이 전이되었다. 항공사 장애인 담당 직원이 해 주는 대로 몸을 맡기고 김포공항 출입구를 빠져나갔다.

한국말로 말하는 소리가 여기저기에서 들렸다. 외국에 나갔을 때 가장 먼저 부딪히는 장벽이 다른 언어에서 생기는 단절감이었다. 무슨 말인가를 하고 있는데 그것은 소리일 뿐 의미가 전달되지 않았다. 아무도 그에게 말을 걸지 않아 투명인간이 된 기분으로 소외된 느낌을 받는 것이 외국 생활이다.

그런데 갑자기 귀가 뻥 뚫리는 시원한 기분이 들었다. 경상도, 전라도 사투리까지 들리니 친밀감이 생겼다. 더군다나 온통 자기를 닮은 사람들이라서 마치 친한 지인 같아서 누구에게라도 다가가 말을 붙이고 싶었다. 하지만 사람들은 용우를 아주 이상한 눈빛으로 바라보았다.

'이 눈빛은 뭐지?'

용우가 처음 받아 보는 그 시선은 바로 장애인을 바라보는 한국 사람들의 시선이었다. 지금도 장애인들은 거리에서 따가운 시선을 받는데 20년 전에는 그 따가움이 얼마나 노골적이었을지 짐작할 수 있을 것이다. 용우는 고국도 낯설게 느껴졌다. 마치 미아가 된 기분이었다.

"용우야!"

아버지가 용우를 불렀다. 아주 반갑고 다정한 목소리였다.

'아, 아버지!' 용우는 속으로 조그맣게 아버지에게 화답하였다. 큰 소리로 아버지를 부를 용기가 없었다.

"혼자서 불편하지 않았니? 아빠가 데릴러 간다니까."

아버지는 가방을 챙기시며 아들이 혼자서 겪었을 어려움을 걱정하셨다. 용우는 아버지를 안심시킬 말을 해야 한다고 생각은 하면서도 입 밖으로 내뱉지는 않았다. 용우는 왠지 말이 잘 나오질 않았다.

아버지는 캐나다에서 아들 뒷바라지를 하셨었기 때문에 아주 능숙한 솜씨로 용우를 케어하였다. 휠체어에서 자동차로 옮겨 앉는 동작을 보고 아버지는 칭찬하셨다.

"이제 잘 하네."

퇴원 후 아버지를 한국으로 보내고 캐나다에서 혼자 통원치료를 받으며 한 것이 바로 이런 재활훈련이었다. 휠체어로 일상생활을 하는 훈련을 받았다. 아버지가 다 큰 아들에게 하는 칭찬은 서글프기 짝이 없었다.

아버지가 운전하는 자동차를 타고 공항을 빠져나왔다. 집으로 향하고 있었다. 거리는 변함이 없었다. 하늘은 푸르렀고 길가를 장식한 봄꽃은 아름다운 자태를 뽐내고 있었다. 거리의 사람들의 발걸음도 활기차 보였다. 모든 것이 다 그대로인데 자신만 완전히 달라진 모습을 하고 있다는 사실에 가슴이 답답하였다.

당시 용우네 집은 연립주택이었다. 다행히 1층이긴 했어도 입구에 계단이 10개 정도나 되었다. 휠체어에서 내린 용우를 기다리고 있는 계단

10개가 10층 높이의 장벽이 되어 그를 가로막고 있었다.

"자, 들어 들어……."

누구랄 것도 없이 그 계단을 올라가는 방법은 휠체어 탄 채로 들어 올리는 것뿐이었다. 다치기 전에는 아무 생각 없이 올라다니던 입구 계단이 이토록 여러 사람의 힘을 빌려야 간신히 올라갈 수 있는 장벽이 된 것이 바로 장애인이 겪게 되는 고통이었다.

집으로 들어가도 문제는 계속되었다. 현관턱, 방문턱, 그보다 더 높은 화장실 문턱…… 온통 장애물투성이었다. 무엇보다 좌식 생활을 했기 때문에 침대가 없다는 것이 가장 불편했다. 턱 문제보다는 휠체어로 이동할 수 없는 비좁은 공간이 더 문제였다.

"용우야, 조금만 고생해. 삼 개월 후에는 편하게 만들어 줄게."

3개월 후 아파트로 이사를 하게 되어 있었다. 몇 년 전에 분양을 받은 것인데 마침 입주가 3개월 후라서 엄마는 다행이라고 생각하고 있었다. 한국에서의 첫날은 장애 때문에 발생할 수 있는 종합문제 세트를 조금씩 경험하며 지나갔다.

받아들이며 살자

...

아파트로 이사를 하자 현관 입구에 경사로가 설치되어 있어서 입구 계단과의 전쟁은 끝났지만 그 당시 아파트 내부 구조는 여전히 턱이 있었다. 그래서 아버지가 문턱을 플라스틱으로 덮어 경사로 효과를 보게 해 주었다.

초창기에는 주로 집에서 시간을 보냈다. 물리치료를 받으러 병원에 가는 일 외에는 밖에서 할 수 있는 일이 없었다. 그 당시는 장애인 편의 시설이 겨우 동사무소(지금의 주민센터) 같은 국가 공공기관에 마련되어 있을 정도여서 혼자서 외출을 한다는 것은 꿈도 꿀 수 없었다.

그래서 용우는 집에서 운동을 하였다. 몸을 많이 움직여야 몸이 굳지 않고 몸은 움직일수록 유연해진다는 말을 굳게 믿고 있었다. 척수장애인들은 운동을 하지 않으면 골다공증 위험이 있어서 병원에서 운동을 권하는데 실제로 운동을 통해 몸상태가 점점 좋아지고 있는 것이 느껴졌다.

사고 초기에는 전혀 감각이 없던 왼쪽 다리 허벅지에 힘이 느껴졌다.

작은 변화들이 모여지자 잡을 것이 있으면 붙잡고 일어설 수 있게 되었다. 그러자 골반까지 오는 보조기를 차고 목발을 짚고 걷는 연습을 하였다.

"우리 용우 잘 걷네!"

부모님은 걸을 수 있다고 좋아하셨지만 용우는 괴로웠다. 걸음이란 다리가 스텝을 밟을 수 있어야 앞으로 나가는데 오로지 팔 힘으로 무거운 보조기를 찬 다리를 이동시키는 것이라 작은 방해물 앞에서도 속절 없이 꼬꾸라지기 일쑤여서 위험하기 짝이 없었다.

그렇게 걷는 것보다는 차라리 휠체어를 타고 활동성 있게 움직이는 것이 더 낫다는 판단으로 걷는 것은 운동의 하나로 여겼다. 걷는 운동이 어려울 때는 서는 운동은 꼭 한다. 서야 자세가 똑바로 유지되어 몸의 균형이 잡히기 때문이다.

한국에 와서 얼마 되지 않아 욕창으로 병원에 입원을 하였다. 캐나다에 있을 때는 관리를 잘 해서 괜찮았었는데 집은 아무래도 불편하다 보니 같은 자세로 앉아 있다가 욕창이 생긴 것이다. 신촌 세브란스병원에 입원하여 40일을 지내면서 그는 병원에서 유명인사가 되었다.

"안녕하세요? 슈퍼맨!"

간호사가 용우에게 이렇게 인사를 했다.

"슈퍼맨이요?"

"사람들이 그렇게 불러요. 못하시는 게 없다구요. 정말 멋져요."

용우가 캐나다에서 배운 것을 한국 병원에서 하자 환자들은 물론 의료진들도 놀라는 눈치였다. 우리나라 의료재활은 장애인을 환자로 보고 의료적 차원에서 접근하여 환자의 질병 관리에 신경을 쓰지만 캐나다에서는 척수손상이란 진단을 하면 바로 장애인으로 살아갈 수 있는 방법을 훈련시킨다.

그래서 손상 분위가 용우와 같은 입원 환자들과 비교하였을 때 그의 움직임이 빠르고 유연해서 슈퍼맨처럼 보였던 것이다.

아버지를 보내드리고

...

긴 방황을 하던 어느 날 휠체어댄스스포츠 동영상을 보게 되었는데 휠체어 사용자가 비장애인 무용수와 호흡을 맞춰 춤을 추는 모습에 강한 인상을 받았다. 용우는 휠체어댄스스포츠를 해 보고 싶었다. 하지만 우리나라에는 휠체어댄스스포츠가 도입되지 않았던 때라서 휠체어댄스스포츠를 배울 곳도 없고, 가르쳐 주는 사람도 없었기에 동영상을 교재 삼아 혼자서 시작하였다. 그때가 2002년이었다. 월드컵 열기가 대한민국을 뜨겁게 달구고 있을 때 김용우는 도전을 향한 담금질을 하고 있었다.

"아버지, 저 휠체어댄스스포츠 선수가 되려고 해요."

아버지는 아들이 강한 의지를 보이자 좋아하셨다. 축구선수였던 아버지는 선수 생활에 대한 동경심이 있었다.

"좋지. 파트너가 있어야 하는 거잖아?"

대학 시절 무용과 학생들이 댄스스포츠를 하는 것을 보셨다며 아들보다 더 들뜬 모습으로 지지해 주셨다. 용우는 처음 시작하는 휠체어댄스스포츠라서 여기저기 알아보러 다니느라고 바빴다. 그러던 어느 날 가게에 들렀더니 아버지가 보이지 않았다.

"엄마, 아버지는요?"

"병원에 가셨다."

"병원에요?"

아버지는 아주 건강하셨기 때문에 병원에 가는 일이 거의 없었기에 병원에 가셨다는 것이 이상하게 들렸다. 하지만 대수롭지 않게 생각하였다. 그로부터 2주 후 병원에서 간암 진단을 받았다는 얘기를 듣고도 실감이 나지 않았다. 조금 피곤해 보이시긴 했어도 일이 많아서라고 생각했지 그것이 그렇게 무시무시한 병일 것이라고 생각지 못하였다.

그런데 아버지는 암 선고를 받은 후 맥없이 무너지셨다. 암 진단 한 달 보름 만에 세상을 떠나신 것이다. 사고로 장애인이 된 지 5년 만에 아버지마저 잃었다. 장애의 충격에서 겨우 벗어날 무렵 자기를 가장 든든하게 지켜 주시던 아버지마저 빼앗긴 용우는 하늘이 자기한테만 너무나 가혹한 형벌을 내리는 것 같아서 그동안 꾹꾹 누르고 있던 설움을 포효하듯 쏟아 냈다. 용우는 자기 때문에 아버지께서 몸도 마음도 많이 힘드셨다는 것을 알기에 죄책감에 더 괴로웠다.

용우는 아버지가 없는 빈자리를 지켜야 했다. 마냥 슬픔에 잠겨 있을 수 없었다. 더욱더 강해져야 했다. 그래서 독하게 마음먹고 새로운 도전에 박차를 가했다. 휠체어댄스스포츠는 휠체어를 작동해야 하기 때문에 운동선수만큼의 체력이 소모되고, 무용이기 때문에 감각도 있어야 하고, 연기이기 때문에 표정이 중요한 종합예술이라 많은 노력이 필요하였다. 용우는 독학으로 익힌 휠체어댄스스포츠로 2003년 일본에서 개최된 휠체어댄스스포츠경기대회에 출전해서 결승에 진출하여 휠체어댄스스포츠 국가대표 선수로서의 가능성을 보였다. 그 후 아시아휠체어댄스스포츠경기대회 4년 연속 우승, 세계선수권대회에서는 4위를 하며 아시아를 넘어 세계적인 선수로 인정을 받았는데 선수로 활약한 모습을 아버지께 보여드리지 못한 것을 용우는 가장 아쉬워한다.

천신만고 끝에

...

2003년 첫 국제 대회에 출전했을 때 정말 수많은 난관에 부딪혔다. 한국휠체어댄스스포츠연맹이 창설된 다음 해인데 휠체어댄스스포츠를 배우기 위해 일본과의 교류가 이루어지고 있었다. 마침 일본에서 개최된 아시아휠체어댄스스포츠경기대회여서 참가를 하기로 하고 선발대가 먼저 출발한 후 용우는 파트너와 함께 대회 전날 출국하기로 했다. 그런데 공항에서 이런저런 일들이 터지기 시작했다. 공항에 온 연맹 회장은 여권을 챙겨 오지 않은 것이다. 집에서 여권을 가져온다 해도 비행기 탑승 전까지 도착하기 어려운 상황이었다.

일단 파트너와 둘이서 떠나기로 하였는데 이번에는 파트너 여권에 문제가 생겼다. 만료가 된 것을 모르고 있었던 것이다. 공항에 나타난 세 사람 가운데 비행기를 탈 수 있는 사람은 용우 혼자였다. 난감하였지만 혼자라도 가야 했다. 파트너는 만료된 여권을 하루 사이에 해결하고 아침 비행기로 날아와야 하는데 여권 갱신이 그렇게 쉽게 되는 것이 아니어서 정말 난감했다.

"내가 어떻게 해볼 테니 여기 걱정은 말고 가서 경기 준비나 열심히 해."

연맹회장이 용우 등을 떠밀어 그는 무거운 마음으로 비행기에 올랐다. 그런데 불운은 일본에 가서도 계속되었다. 한국에 보낸 대회 참가 안내문에는 휠체어댄스스포츠 2개 종목으로 표시되어 있었는데 막상 와 보니 5개 종목 대회였다. 용우는 두 개밖에 준비를 하지 않았기 때문에 3개 종목에 대한 안무 자체가 없었다.

출전을 한다 해도 보여 줄 춤이 없었다. 무기 없이 전쟁터에 온 것과 같았다. 두 팔 높이 쳐들고 항복을 외칠 수밖에 없는 현실이었다. 연맹이 있다 해도 아직 동호회 수준이라서 일처리가 매우 미숙하였다. 우리나라는 국제 대회에 출전한 경험이 없기 때문에 정보가 없었다.

"용우야 어떡하냐?"

"안무를 짜줄 분이 있을까요?"

"지금 짜서 언제 연습을 해?"

"할 수 있어요. 안무만 부탁해요."

이런 사태가 벌어진 것이 누구 탓인지를 따지는 것은 의미가 없었다. 그래서 용우는 얼굴 붉히지 않고 밝은 표정으로 해결 방법을 찾았다. 다행히 일본 연맹 사람이 3개 종목 안무를 만들어 주었다. 경기는 1분 30초 동안 연기를 해야 하는데 짜 준 안무는 3개 종목에 반드시 포함되어야 할 기본 동작만 들어간 30초 댄스였다. 그 사람도 시간이 없어서 더 이상 자세한 안무를 짤 수 없다고 하였다. 그래도 용우는 포기하지 않았다.

그 기본 동작을 적당히 반복하고 변형시켜서 스스로 안무를 만들었다. 안무가 완성될 때쯤 파트너가 왔다. 그것만으로도 다행이었다. 일본에서 한국 파트너를 구할 수는 없으니 말이다. 일단 한 고비는 넘겼다.

숨을 헐떡이며 온 파트너를 붙잡고 연습을 시작하였다. 파트너는 황당해했지만 절박한 상황이라 말을 할 사이도 없었다. 파트너는 무용 전공자여서 이미 5종 댄스를 잘 알고 있었다. 순서만 외우면 연기를 하는데는 지장이 없었다. 게다가 평소 파트너와 연습을 많이 했었기 때문에 호흡이 척척 맞았다.

5개 종목 경기이기 때문에 한 경기 한 경기 해결해 나가기로 하였다. 국제 대회 경험이 없는 용우는 몹시 떨렸다. 안무도 안 된 작품으로 국제 대회에 출전한다는 것은 누가 봐도 미친짓이었다. 하지만 일본까지 와서 경기를 포기한다는 것은 국제적인 망신이었다. 용우는 분장을 하고 무대의상으로 갈아입었다. 그리고 한국 출전 순서를 기다리고 있었다.

"다음은 한국팀입니다. 김용우 선수……."

너무 떨려서 솔직히 자기 이름은 들리지도 않았다. 코리아라는 단어에 용우는 심호흡을 하고 파트너와 함께 경기장으로 나갔다.

경기를 마친 선수들은 여유 있는 모습으로, 아직 경기를 남겨 둔 선수들은 초조한 모습으로 한국팀을 쳐다보았다. 용우는 파트너와 눈빛으로 약속하였다. ―실수를 해도 끝까지 하자―

음악이 흐르는데 어떤 동작을 해야 할지를 몰라 뻣뻣이 그냥 서 있지

국가대표 시절

만 않으면 된다고 생각하였다. 짜깁기해서 만든 안무라서 단순할 수밖에 없는 단점을 보완하기 위해 춤사위를 좀 더 세련되게 표현하려고 애썼다. 다행히 뒤죽박죽될 줄 알았건만 안무 순서를 놓치지 않고 무사히 경기를 마쳤다.

그 난리 난리 속에서도 한국팀은 준결승전에 올랐다. 준결승이었지만 결승만큼 값지게 느껴졌다. 모든 경기를 마치고 경기장에서 나오느라고 휠체어를 굴리는데 손바닥이 따끔따끔하였다. 이상해서 장갑을 벗었더니 양 손바닥이 너덜너덜하였다. 갑작스럽게 무리해서 안무를 짜고 연습을 하느라고 손바닥 살점이 떨어져 나갔던 것이다.

그 대회 승자는 개최국인 일본이었다. 그날 상처투성이인 손바닥만큼이나 용우의 자존심도 너덜거릴 정도로 찢겨졌다. 하지만 포기하지 않고 경기를 하였고 첫 출전에 준결승에 올라 한국 휠체어댄스스포츠의 미래를 보여 주었다.

그날의 고초 덕분에 용우는 아무리 큰 장애물이 나타나도 의지만 있으면 해결할 수 있다는 자신감을 갖게 되었다. 더욱이 기본 동작을 연결시키고 응용해서 안무를 해 본 것이 안무도 도전해 볼만 하다는 꿈을 갖게 되었다. 장애인무용이 비장애인무용과 다르지 않고 휠체어로 출 수 있도록 변형시키면 그것이 휠체어무용이 된다는 것을 알았다.

통쾌한 승리

...

　김용우는 국제 대회에서 첫 우승을 했던 홍콩대회를 잊을 수가 없다. 당시 KBS-TV 수요기획팀이 'wheel for you'라는 휠체어댄스스포츠 동호회 활동을 촬영하고 있었다. 그 동호회 멤버는 김용우를 비롯한 장애인 선수들과 특수체육학과 학생들로 정발산고등학교 체육관을 빌려서 자료를 보면서 휠체어댄스스포츠를 연습하고, 더 알고 싶어 전문가를 모시고 워크샵도 하면서 휠체어댄스스포츠 종목을 만들어 가는 모습을 담고 있었는데 그 시기에 마침 홍콩에서 아시아휠체어댄스스포츠경기대회가 있다는 소식을 듣게 되었다. 우리나라는 출전을 할 생각을 하지 못하고 있었지만 용우는 선수로 인정받기 위해서는 국제 대회 경험이 필요하다는 신념으로 한국팀을 꾸려서 자비로 출전을 강행하였다. 수요기획팀 PD가 따라가겠다고 하였다. PD도 촬영을 하면서 휠체어댄스스포츠에 관심을 갖게 된 것이다.

　천신만고 끝에 2005홍콩아시아휠체어댄스스포츠 선수권대회에 한국팀이 출전하였다. 그런데 대회장에서 해프닝이 벌어졌다. 한국이 그동안 출전을 하지 않았었기 때문에 선수 입장을 할 때 들고 들어갈 국가 피켓을 만들어 놓지 않았던 것이다. 김용우는 종이에 매직으로 'KOREA'라고 직접 쓴 것을 들고 맨 마지막으로 선수 입장을 하였다.

전체 선수단의 절반이 일본 선수단이었을 만큼 화려하고 강한 선수단을 이끌고 온 일본이 우승을 차지할 것이라며 대회 분위기를 일본이 압도하고 있었고, 실제로 일본은 아시아휠체어댄스스포츠 강자였다. 하지만 막상 경기가 시작되어 한국팀이 연기를 하자 심상치 않은 기류가 형성되었다. 일본팀이 갖고 있지 못한 라틴댄스의 우아함이 보태져 휠체어댄스스포츠를 한 단계 업그레이드시킨 연기에 심사위원은 물론 관객들이 매료되었다. 누가 뭐랄 것도 없이 우승은 KOREA의 김용우에게 돌아갔다. 불모지에서 일군 통쾌한 승리였다.

이 감동적인 모습이 방송을 통해 고스란히 소개되면서 휠체어댄스스포츠와 함께 김용우가 사람들에게 알려졌고, 장애인스포츠계에서도 휠체어댄스스포츠에 관심을 갖기 시작하였다.

2005년 홍콩휠체어댄스스포츠 선수권대회에서 우리나라는 라틴 5종목 1위와 모던 3종목 2위라는 쾌거를 이루어 한국휠체어댄스스포츠의 새 역사를 만들었다. 이 성과는 아무런 지원도 없이 혼자 힘으로 이루어 낸 기적이었다.

휠체어댄스스포츠 기초를 만들다

...

목마른 사람이 우물을 판다고 김용우는 선수 생활을 하기 위해 휠체어댄스스포츠 조직을 만드는데 앞장섰다. 장애인스포츠는 종목별로 연맹이 있어서 선수들에게 체육 활동에 대한 지원을 해 주는데 휠체어댄스스포츠는 조직이 없다 보니 비 바람을 막아 줄 울타리가 없었다. 휠체어댄스스포츠 현장에서 온몸으로 바람을 맞던 장애인 선수들이 전문가들과 힘을 모아 2002년 한국휠체어댄스스포츠연맹을 결성하였고 2006년도에 대한장애인댄스스포츠연맹으로 개칭되었다.

2007년 전국장애인체육대회에 휠체어댄스스포츠가 정식 종목으로 채택되면서 휠체어댄스스포츠가 활성화되기 시작하였지만 휠체어댄스스포츠는 장애인올림픽 정식 종목이 아니다. 하지만 2014년 인천장애인아시안게임에서 휠체어댄스스포츠가 정식 종목이 되는 큰 수확을 이끌어 냈다.

휠체어댄스스포츠가 발전하기 위해서는 장애인올림픽 정식 종목이 되는 것이 무엇보다 시급하다. 지금도 휠체어댄스스포츠를 하고 있는 선수들이 여전히 열악한 환경에서 구슬땀을 흘리며 훈련을 하고 있는 것이 가장 안타깝다.

  용우는 휠체어댄스스포츠 국제 대회에서 이미 인정을 받았지만 그렇다고 국내 대회를 소홀히 하지는 않았다. 연맹에서 개최하는 대회에서 시범을 보여 주는 경기는 꾸준히 참가했었다. 휠체어댄스스포츠는 5개 종목이 있는데 용우는 그 다섯 종목을 모두 할 수 있다는 큰 장점을 갖고 있다.

  우리나라 휠체어댄스스포츠는 다른 스포츠 종목과는 달리 각 지역에서 선수들이 출전할 수 있을 정도로 선수층이 형성되어 있지 않아서 전국장애인체육대회에 전 지역에서 선수를 출전시키지 못하여 경쟁하는 구도를 만들지 못하고 있다. 선수가 없는 이유는 지도자가 없기 때문이기에 용우는 지역 선수들이 부르면 언제든지 달려가서 자기가 알고 있는 것을 성의껏 가르쳐 주었다.

  우리나라와는 달리 해외에서는 휠체어댄스스포츠가 일찍부터 발전되었다.

  뮌헨 공과대학의 크롬홀츠 박사(Gertrude Krombholz)는 휠체어댄스스포츠를 설립한 사람 중의 하나로 1989년부터 휠체어댄스스포츠협회 의장을 맡아 활발한 활동을 하고 있다. 비장애인과 장애인이 하나가 되어 춤을 추도록 한 것은 크롬홀츠 박사가 1972년 독일의 한 커다란 스포츠 행사의 폐막식에서였는데 그것이 휠체어댄스스포츠가 되었다.

  크롬홀츠 박사와 동료들은 1997년에 휠체어댄스스포츠를 장애인올

림픽 종목에 포함시키려고 휠체어댄스스포츠 역사상 최초로 IPC Sport
의 공식적인 형태라고 불릴 만한 지역적인 챔피언십을 만들었다. 휠체어
댄스협회(WHEEL CHAIR DANCE SUBCOMMITTEE)는 국제적인 조직으로써 세
계 50여 개국을 회원으로 하고 있다.

고된 선수 생활

...

선수 생활을 할 때는 항상 도전하는 입장이었다. 상대 선수와 경쟁을 해야 해서 작은 실수도 감점을 받고, 더 발전된 경기를 하지 않으면 뒤처지는 냉혹한 분위기에서 스트레스가 심하였다. 대한민국을 대표한다는 책임감으로 경기에 대한 부담이 컸었다. 그래서 경기장이 아닌 숙소에 들어가서도 연습을 한다거나 컨디션 조절을 하며 긴장 상태에서 시간을 보냈다.

용우는 세계 대회에 나갔을 때 멕시코를 비롯한 서양 선수들의 여유를 보고 깜짝 놀랐다. 그들은 몸 자체가 음악을 타고 있었다. 안무를 짜서 기계적으로 동작을 하는 것이 아니라 물이 흐르듯이 자연스럽게 경기를 운영하였다.

그런 여유는 경기장 밖에서도 볼 수 있었다. 숙소에 있는데 밖에서 음악 소리가 들렸다. 무슨 일인가 싶어 창밖으로 내다 보니 각 나라 선수들이 모여서 서로 어울려 춤을 추고 있었다. 그 무리에 빠져 있는 사람은 일본과 대만 선수들이었다. 용우는 서양 선수들처럼 자연스럽게 음악을 타며 춤을 즐기지는 못해도 어울리려고 노력은 하였다.

서양 선수들을 보며 춤은 추는 것이 아니라 리듬을 타는 것이란 사실을 알았다. 그리고 진정한 춤꾼은 춤을 즐기는 사람이란 것도 깨달았다.

우리가 김연아 선수에 열광하는 것은 빙판 위에서 표현해 내는 연기 기술이 뛰어난 점도 있지만 그 연기에 빠려들게 하는 표정 연기이다. 용우도 처음 댄스스포츠를 시작했을 때는 동작 기술에만 매달렸다. 댄스 동작을 놓치지 않고 연기를 하려면 머릿속에 다음 동작을 생각하게 된다.

그러다 보니 얼굴이 굳어 있었다. 표정 연기가 필요하다는 것은 알고 있었지만 몸 따로 표정 따로였다. 그래서 원래 표정 연기가 안 되는 사람인가보다 스스로 그렇게 생각하고 있었는데 댄스를 시작한 지 2년 정도 지나자 어느 날 공연을 본 사람들이 이렇게 평해 주었다.

"표정 좋아."라고 엄지손가락을 들어올리기도 하고 "너무 애절해요."라며 두 손을 모아 남아 있는 감동을 전해 주기도 하였다. 용우는 그 말을 듣고 노력하면 안 되는 일이 없다는 것을 알았다. 그리고 결실은 하루 아침에 맺혀지는 것이 아니라는 것도 알았다. 처음에 경기를 할 때 관객들이 눈에 들어오지 않았다. 용우 눈에는 파트너만 보였다. 그래야 호흡을 맞춰 춤을 출 수 있기 때문이다. 그런데 표정 연기가 가능해지면서 관객들이 보이기 시작하였다. 관객과 시선이 마주치기도 하였다.

경기 모습

그 순간 관객이 반응을 보이면 마치 답변을 보내기라도 하듯이 무용수는 더 강하게 표현을 하게 된다. 춤이란 이렇게 관객과 소통하며 교감하는 것이다.

휠체어댄스스포츠는 유럽에서 시작되어 유럽에서 발전하다가 용우가 댄스스포츠를 시작할 무렵 유럽이 위축되고 있었다. 유럽의 열기가 동양 쪽으로 옮겨져 오고 있었다. 대회가 끝나고 나면, 지도자끼리 모여 선수끼리 모여 경기에 대한 얘기를 하며 서로 평가를 한다.

"당신 춤 많이 좋아졌어요."

"김용우 실력은 이미 상위권이에요."

용우는 늘 자기 자신이 부족하다고 생각하고 있었지만 사람들은 그의 실력이 남다르다는 것을 이미 알고 있었다. 그래서 용우에게 말을 거는 외국 선수들이 많았다. 특히 우크라이나나 폴란드 선수들이 용우와 가깝게 지냈다. 용우는 다치고 나서 스포츠댄스를 했기 때문에 다른 나라 선수들에 비해 나이가 많은 편이었다. 10살 아래인 선수들도 있었다. 어린 선수들은 발전 가능성이 커서 용우는 오히려 그들이 부러웠다.

스포츠댄스도 다른 스포츠 종목처럼 장애 유형과 장애 정도에 따라 구분을 한다. 한 절단장애 선수가 경기를 마친 후 휠체어에서 벌떡 일어나 의족을 끼더니 휠체어를 어깨에 둘러매고 휘파람을 불면서 나가는 모습을 처음 보았을 때 용우는 적잖게 놀랐었다. 우리나라에서는 볼 수 없는 광경이었기 때문이다.

요즘은 최중증장애인을 위한 전동휠체어스포츠댄스 종목도 있을만큼 스포츠댄스 종목이 세분화되었다.

　댄스스포츠 라틴 종목은 파트너가 있어야 하는데 파트너는 비장애인 선수이다. 휠체어댄스스포츠 초창기에는 파트너를 구하기가 매우 힘들었다. 보통 댄스스포츠 선수가 파트너가 될 수 있는데 휠체어 사용자와 춤을 춘다는 것에 대한 부담감 때문에 하려는 사람이 없었다.

　그런 중에 용우는 운 좋게 파트너 김지영을 만났다. 무용학원에 다니며 춤을 배우며 연습을 하였는데 그곳 수강생으로 연습 때 파트너를 해 주었던 것이 인연이 되어 7년반 동안이나 용우 파트너로 김용우를 세계적인 선수로 성장하게 해 주었다.

　그 당시는 지금처럼 엘리베이터가 있는 건물이 흔치 않았다. 고층건물에나 엘리베이터가 있을 정도였다. 무용학원은 공간이 넓어야 하니까 보통 오래된 건물 지하나 꼭대기층에 있었다. 용우가 다니던 학원도 3층이었다. 그래서 학원 앞에서 사람들에게 도움을 청할 수밖에 없었다. 용우는 건장한 체격이라서 계단을 들어올려 주는 사람들이 무척 힘들었을 것이라며 지금도 그분들에게 미안하고 고마운 마음을 갖고 있다.

　건물에서 내려올 때는 한 손은 난간을 잡고 그 연약한 파트너와 어깨동무를 하여 계단 하나 하나를 내려온 적도 있었다.

　이렇게 용우는 휠체어댄스스포츠 대가가 되기까지 많은 어려움을 이겨 내야 했다. 그 고생이 싫어 포기했더라면 우리나라에 휠체어댄스스포츠는 물론 휠체어무용이 지금처럼 발전하지 못하였을 것이다.

휠체어무용을 만나다

...

　김용우는 우리나라 최초의 휠체어댄스스포츠 선수로 활약하며 한국 휠체어댄스스포츠의 역사를 써 왔는데 2007년 장애인과 비장애인 무용수로 구성된 영국현대무용단인 CAN DO 컴퍼니의 공연을 보고 무용에 관심을 갖게 되었다. 나중에 알고 보니 이 CAN DO 컴퍼니는 유럽에서 아주 유명한 현대무용팀이었다. 이렇게 유명한 무용팀이 장애인 무용수와 함께 공연을 한다는 사실이 김용우에게는 충격적이었다.

　관심이 있어서 자료를 찾아보니 같은 성격의 무용팀으로 미국에는 엑시스댄스 컴퍼니가 있어서 세계 무용의 양대 산맥을 이루고 있었다. 우리도 그런 무용팀이 있으면 좋겠다는 간절한 바람이 생겼다. 그런데 당시 우리나라에는 장애인무용이라는 것이 없었다.

　휠체어댄스스포츠가 1분 30초 동안 선수가 갖고 있는 고난도 기술을 보여 주는 것이라면 휠체어무용은 긴 호흡으로 스토리를 전개할 수 있어서 하고 싶은 말을 표현할 수 있다는 것이 매력적이었다.

휠체어댄스스포츠는 경기여서 정해진 룰에 맞춰야 해서 창의적인 요소가 들어갈 수 없다. 움직임에 제한이 있다 보니 표현에 한계가 있다. 또한 경기다 보니 경쟁을 해야 해서 이기기 위해 전략을 짜고 경기를 하면서 에너지 소모가 너무 커서 경기가 끝나고 나면 진이 빠져 아무것도 할 수가 없었다. 그에 비해 휠체어무용은 무대 위에서 마음껏 즐길 수 있어서 스스로 즐겁다는 것이 무엇보다 마음에 들었다. 휠체어에 앉아서 춤을 추되 좀 더 예술적으로 관중들과 소통하고 싶었다.

그래서 그는 휠체어무용에 도전하였다. 휠체어댄스스포츠를 배울 때처럼 휠체어무용을 가르쳐 줄 스승을 찾기 힘들었다. 그래서 일반 춤을 가르쳐 주시면 그것을 휠체어 춤사위로 변형시키며 안무를 짰다.

이렇게 해서 2009년 첫 무용공연을 올렸다. (사)빛소리친구들 사업으로 진행된 'FUN & ART'가 그것인데 음악과 함께 펼쳐진 휠체어무용은 관중의 마음을 사로잡았다. 처음 접하는 휠체어무용에 최고의 찬사를 보냈다. 공연은 성공적이었다. 고양시에 있는 어울림대극장이 1,700석인데 그 좌석이 꽉 찼다. 그 많은 사람들이 보내는 박수 소리가 김용우의 온몸에 전율을 일으켰다.

무용수가 됐다는 것이 실감나는 순간이었다. 휠체어무용이 가능할까? 관객들이 휠체어무용을 어떻게 받아들일까? 첫 무대여서 모든 것이 실험이었지만 휠체어무용의 가능성에 대한 확신이 생겼다.

처음으로 개척을 한다는 것은 힘든만큼 보람이 너무 커서 가슴이 벅차올랐다. 김용우는 휠체어로 현대무용과 한국무용을 선보이며 휠체어무용이란 새로운 영역을 구축하고 있다. 현대무용은 휠체어댄스스포츠에서 구사했던 라틴 춤을 응용하였지만 한국무용은 새로 창안해야 했다. 용우는 한국무용의 전통적인 움직임을 공부하면서 휠체어 한국무용의 동작을 만들고 있는데 상체의 움직임이 매우 정교하고 완성도가 뛰어나다는 평을 받고 있다.

이런 평을 받을 수 있었던 것은 새로운 도전을 할 때마다 항상 그를 돕겠다고 나서 주시는 스승이 있었기 때문이다. 현대무용을 하는 김봉순 선생은 한국척수장애인협회에서 장애인이 춤을 출 수 있도록 안무를 부탁했을 때 한동안 말씀이 없었다.

자기가 전공 분야가 아니면 같은 현대무용이라도 거절을 하는데 장애인에 대해 잘 알지도 못하는 상태에서 장애인무용 안무를 한다는 것은 상상해 볼 수도 없는 일이라서 거절하는 것이 마땅하지만 장애인이 춤을 추겠다며 도움을 요청하는데 못하겠다는 말을 할 수 없었기 때문이다.

그래서 제안을 받아들이기는 했지만 막막하기만 하였다고 한다. 하지만 장애인 춤도 인간이 추는 춤이기에 다르지 않다는 생각으로 접근을 하자 의외로 쉽게 안무 콘셉트를 잡을 수 있었다고 고백한 적이 있다.

한국무용은 경북도립국악단 안무가인 이애현 선생에게도 지도를 받았다. 선생님은 빛소리친구들의 장애인 무용수들을 위해 10여 년 동안 봉사를 해 주셨다. 김용우가 한국무용을 하겠다고 했을 때 이애현 선생은 '좋지!' 라며 그 자리에서 함께해 보자고 힘을 주셨다. 한국무용은 현대무용과는 달리 선이 곱고 정적이어서 휠체어에 앉아서 표현한다는 것이 자칫 지루할 수 있어서 동작을 크게 크게 만들어 갔다.

안무를 하면서 스승과 제자는 머리를 맞대고 고민에 고민을 거듭하면서 작품을 완성시켜 갔다.

김용우는 좋은 작품을 위해 선수 시절에 몸에 밴 방식으로 자기 관리를 하고 있다. 몸무게 조절이 중요하다. 춤은 몸으로 표현하는 예술이어서 몸이 예술의 도구이다. 살이 찌지 않게 하려고 다이어트를 하다 보면 체력이 바닥이 난다. 춤은 특히 휠체어무용은 휠체어를 무용수가 작동해야 해서 체력이 바탕이 되지 않으면 춤을 출 수가 없다. 그래서 치밀한 계획을 세워서 체력을 유지시켜야 한다.

그리고 다치지 않으려고 신경을 많이 쓴다. 춤을 표현할 때 다리 대신 두 팔만 이용해야 하기에 팔을 2배로 움직여야 해서 팔에 무리가 가지 않도록 늘 조심을 한다. 그리고 휠체어로 동작을 만들다 보면 미끄러지기도 하고 부딪히기도 하여 사고의 위험이 커서 잠시도 방심해서는 안 된다.

춤을 위해 술 담배는 일체 하지 않는다. 그리고 공연 전에는 쉬려고 애쓴다. 몸 상태가 좋아야 춤동작이 섬세하게 표현되고 얼굴 표정도 살아나기 때문이다.

첫눈에 반한 그녀

...

2011년 6월 어느 날, 연습실에 낯선 무용수가 눈에 확 들어왔다. 그녀가 빛소리친구들 무용단에서 휠체어 무용수의 파트너 역할을 할 사람이란 것을 알고 있었다. 휠체어무용단에서 가장 필요한 부분은 바로 파트너 역할을 해 줄 비장애인 무용수여서 완벽한 호흡을 맞출 수 있는 사람을 늘 찾고 있었다.

당시 무용단 수석 무용수로 있던 용우도 고정 파트너가 없어서 고생을 하고 있었다. 그녀는 성균관대학교 무용학과 출신으로 석사학위까지 있는 재원이었다. 당시 무용단 안무를 맡아 해 주시던 선생님의 소개로 휠체어무용단에 들어오게 된 것이었다.

훌쩍 큰 키에 긴 머리가 찰랑거리는 모습을 본 순간 자기가 오랫동안 찾고 있던 신기루를 만난 기분이었다.

"넌, 어떤 여자 좋아하니?"라며 이상형을 물어보면 그는 이렇게 대답했었다.

"여자는 머리가 길어야 여성스러워. 그리고…… 키가 컸으면 좋겠어."

이 말에 사람들은 별 반응을 보이지 않았다. 그런 여자는 모든 남자들이 다 좋아하는 스타일이고, 그런 멋진 여자를 만난다는 것이 쉽지 않기 때문이었다.

그녀는 휠체어무용단에 금방 적응하였다. 그리고 아주 열심이었다. 휠체어댄스 파트너가 된다는 것이 보통 어려운 일이 아니기 때문에 좋은 마음으로 장애인과 함께하겠다고 왔다가 얼마 못 있고 떠나는 사람들이 많았다. 말로는 개인 사정이 생겨서 더 이상 하지 못하겠다고 했지만 사실은 육체적으로 힘들고, 경제적으로 열악하니 비전이 없다는 판단을 하고 떠나는 것이었다.

"힘들지 않아요?"

"아뇨, 제가 생각했던 것보다 훨씬 좋아요."

"네?"

용우는 그 말 뜻을 이해하지 못했다.

"선배가 해 보라고 해서…… 그래서 생각해 봤어요. 휠체어댄스라는 것이 뭘까 하구요. 그냥 춤동작을 이용한 운동이 아닐까 싶었어요. 그런데 막상 해 보니까 휠체어댄스는 내가 그동안 했던 그 어떤 무용보다 예술적이에요. 그래서 많이 놀랐어요. 제 생각이 짧았어요. 죄송해요."

그녀는 용우에게 사과를 했다. 아마 자기가 가졌던 편견에 대한 미안함에서였을 것이다.

그녀의 진지한 태도에서 진심이 느껴졌다. 보통 무용을 전공한 여자는 화려한 공주과여서 대단히 이기적일 것이라고 생각하는데 용우도 그 생각에 일정 부분 동의를 했었다는 것이 떠올라 그녀에게 말했다.

"아네요. 내가 미안하죠."

이렇게 첫 번째 말걸기에서 그녀가 자신의 이상형인데다 고운 성품까지 가진 완벽한 여자라는 것을 확인할 수 있었다.

용우는 휠체어댄스를 잘하기 위해서는 파트너에 대한 개념 정리를 잘해야 한다는 생각이 들어 고민하다가 파트너란 친구와 애인 사이여야 가장 효과적인 관계가 유지될 수 있다는 것을 알았다. 친구 사이에 머물면 무대 위에서 연기를 할 때 감정이 살아나질 않는다. 서로 의견 차이가 있어서 다른 얘기를 하다가 공연을 하면 서먹해서 서로 눈을 피하게 되어 좋은 연기를 보여 줄 수가 없다.

그렇다고 애인 사이가 되면 감정이 절제되지 않고 서로 사랑을 확인하려고 애쓰고, 결혼 문제를 운운해야 해서 문제가 더 복잡해진다. 그래서 용우는 파트너는 애인으로 발전해서는 안 된다는 생각을 갖고 있었다. 파트너는 친구와 애인 사이쯤에서 존중해 주고 아껴 주는 편안한 관계가 가장 좋다고 동료들에게 말하곤 했었다.

그런데 막상 그녀와 파트너가 되어 연습을 하고 공연을 하게 되자 그동안 자신이 갖고 있던 파트너에 대한 소신이 무너졌다. 조금이라도 함께 있고 싶어서 그녀가 연습을 마치고 집에 갈 때까지 기다렸다가 집에 데려다 준다는 핑계로 그녀를 차에 태우고는 배가 고프다고 너스레를 떨며 같이 저녁 식사를 하곤 하였다.

가을에 접어들자 공연 요청이 많이 들어왔다. 서울 경기는 물론 지방 공연도 많았다. 용우는 지방공연 섭외가 들어오면 마치 소풍을 가는 사람처럼 들뜬 기분이 되었다.

어느 날 진주 공연을 가게 되었다. 공연을 마치고 분위기 있는 곳에서 저녁을 먹기로 하였다.

"남친 없죠?"

"제가 없다고 했나요?"

"아뇨, 그냥 그런 것 같아서……."

"그동안 무용을 떠나 다른 일을 했어요. 요가 강사도 하고…… 좀 방황을 하느라고…… 다시 무용을 하니까 참 좋아요. 긴 여행을 마치고 돌아온 편안한 느낌이에요. 이제부터 새롭게 시작하려고 해요."

"그 시작, 나랑 하면 어때요?"

"네?"

"우리 사겨요."

그녀는 엷은 미소로 화답하였다. 그 자리를 박차고 나가지 않은 것이 승낙이라고 받아들였다. 서로 마음이 달랐다면 그 말을 내뱉는 순간 분위기가 이상했을 텐데 그녀는 오히려 자기 얘기와 장애인댄스에 대한 자신의 생각을 말하며 공감대를 넓혀 갔다.

젊은 남녀가 사랑을 한다면 결혼을 하는 것이 옳았다. 그때 용우는 이미 41살의 노총각이었고, 그녀도 33살의 노처녀였다. 결혼을 하지 않는다고 두 사람의 사랑이 식는 것은 아니었지만 결혼을 통해 양가 부모에게 인정받고 사람들 앞에서 당당한 사이가 되고 싶었다.

결혼 승낙을 받기 위해 어떤 일이 벌어질지 너무나도 뻔한 일이라서 그들은 말을 아꼈다. 일단 각자 자기 집에 결혼 통보를 하였다. 용우 엄마는 파트너로서 이미 그녀를 보며 '용우 짝이었으면 참 좋겠다.'는 생각을 했었다. 그래서 엄마는 대찬성이었다. 예상했던대로 그녀 집안에서는 딸 얘기를 듣고 참담해하였다. 딸이 결혼에 대한 환상에 사로잡혀 있다고 판단하였다.

그녀 엄마는 용우 엄마를 찾아와 딸이 마음을 돌릴 수 있도록 해 달라고 사정하였다.

"딸 가진 엄마 마음 충분히 이해합니다. 나라도 딸을 내주지 못할 겁니다. 하지만 우리 아이들은 이미 성인입니다. 불장난을 할 나이는 아니지 않습니까? 어머니께서 우리 아이들을 이해해 주시면 안 될까요? 제가 잘 하겠습니다. 정말 딸로 여기고 소민이 행복을 먼저 생각하겠습니다. 저를 믿어 주세요."

용우 엄마의 진심에 그녀 엄마도 더 이상 말을 하지 못하고 돌아갔다.

그녀는 집안의 반대에도 흔들리지 않았다. 오히려 용우가 주춤거렸다. 자기가 잘못 생각한 것은 아닌지, 그녀를 진정으로 위하는 것이 무엇인지. 과연 결혼 생활을 잘할 수 있을지 생각에 생각이 이어지면서 고민이 눈덩이처럼 커졌다. 그때 그녀가 제안했다.

"우리 그냥 가요. 언제 날짜 받아서 움직여요. 안 만나 주면 우리 맛있는 거 먹고 오자구요. 광주에 맛집 많아요."

일단 시도를 해 봐야 할 것 같아서 무작정 그녀의 고향인 광주로 향했다. 그녀 혼자 집에 들어가서 용우와 함께 왔다고 통보하였다. 그녀 엄마는 딸을 꾸짖었다.

"그렇게 불쑥 들이닥치면 어떡해!"

"그냥 가두 돼."라고 돌아서려고 하는 순간 그녀 아버지가 말했다.

"먼 데서 왔는데…… 들어오라고 해."

그녀 아버지는 사람에 대한 배려가 깊은 분이었다. 사윗감으로는 마땅치 않았지만 손님인데 그냥 돌려보낼 수 없어서 집안으로 들였다. 휠체어를 타고 들어오는 용우는 아우라가 느껴질 만큼 멋있었지만 역시 딸의 남자로는 받아들일 수가 없었다.

"아버님, 어머님 죄송합니다. 허락도 없이…… 큰절도 올리지 못합니다. 이렇게 인사올리겠습니다."라며 머리가 바닥에 닿도록 깊이 인사를 했다.

그녀 가족은 모두 선한 심성을 갖고 있어서 모진 말을 하는 사람은 아무도 없었다. 결혼을 허락해 달라는 말에 이렇게 말씀하셨다.

"너네 만난 지 몇 달 되지 않았는데 이렇게 결혼 얘기까지 나오는 것은 너무 성급하다. 시간을 두고 생각해 보자. 지금부터 일 년 후에도 지금과 같은 마음이면 그때 가서 결혼해도 늦지 않는다."

1년 동안의 유예기간을 주신 것으로도 큰 성과였다. 아버지는 딸이 용우와 함께하면서 부딪히게 될 물리적 불편과 사회적 편견을 견딜 수 있는지 스스로 판단해 보는 시간이 필요하다고 생각하였다. 어쩌면 딸이 스스로 결혼을 포기할 것이라고 믿었다.

그런데 시간이 흐를수록 그녀는 장애인과 함께하는 생활이 아주 자연스러웠을 뿐 아니라 장애인이라는 사실을 느끼지 못할 정도로 동화되었다. 그녀가 더 장애인 문제에 분개하고 장애인과 함께하는 방법을 찾아내어 적극적으로 시도하였다. 그런 그녀를 지켜보는 양가 부모는 두 사람의 결혼을 기정 사실로 받아들이고 결혼식 준비에 들어갔다.

막상 결혼식 날짜가 정해지자 용우는 잘해 낼 수 있을까 하는 불안감이 생겼다. 용우는 미리 걱정하는 소심한 성격이라면 그녀는 일단 시작하고 문제가 생기면 나중에 해결하면 된다는 외향적인 성격이다. 둘 다 소심한 성격이었다면 결혼이 그렇게 빨리 진행되지 못했을 것이다.

이렇게 서로 다른 성격이 서로에게 지지를 해 주는 역할을 했다. 용우는 아내를 맞이하며 남편으로서 그녀를 끝까지 지켜 주겠다는 다짐을 하였다.

결혼 축제

...

2012년 11월 11일, 결혼식 날짜를 잡고 그들은 다른 집 결혼식과는 달리 예단이니 함이니 하는 걸로 기운을 빼지 않고 마치 공연 준비를 하듯이 프로그램을 기획했다. 어렵게 부부가 되는 신랑 신부를 축하해 주기 위해 온 하객들과 함께 어울려 즐거운 시간을 보내는 결혼 축제로 만들고 싶었다. 장소는 신부 동생이 총지배인으로 있는 수원에 있는 작은 호텔로 정했다. 주례는 한국예술종합학교 우광혁 교수께서 맡아 주셨다. 우교수님은 빛소리친구들 이사로 오래전부터 용우를 지켜봐 왔기 때문에 그의 결혼을 가족처럼 기뻐해 주셨다. 우 교수님은 주례 외에 멋진 연주도 해 주셔서 식장 분위기를 한껏 띄워 주셨다. 음악을 하는 사촌동생, 후배, 삼촌까지 축하 노래를 해 주어 결혼식이 완전히 축제 분위기였다.

가끔 양가의 결혼 허락을 받지 못하고 결혼식을 올릴 경우 반대하는 쪽 가족들이 특히 부모들이 참석하지 않아서 혼주석이 텅 비어 있고, 축복받지 못하는 결혼식을 올리는 신부는 울고 장애인 신랑은 죄

인처럼 고개를 숙이고 있는 것이 보통인데 이들 결혼식은 양가 부모가 친구처럼 다정하여 하객들도 신랑 측, 신부 측 구분 없이 화기애애하였다.

신부 친할머니께서 김용우를 TV에서 보았다며 신부 부모님의 마음을 돌리는데 큰 역할을 하셨다고 한다. 가장 보수적인 시대를 사신 할머니께서 열린 마음을 갖고 계시다는 것으로 그 집안 분위기를 충분히 짐작할 수 있다. 장인어른은 남한테 피해를 주지 않고 모나지 않게 사는 것이 잘 사는 것이라고 강조하며 가족의 화목을 위해 애쓰셨다. 용우도 정이 넘치는 가족애를 보고 적잖게 놀랐다. 용우는 아버지가 돌아가신 후 삼촌도 세상을 뜨셔서 아버지 쪽 형제가 없었고, 여동생도 결혼 후 바빠서 자주 만나지 못해 엄마와 둘이서 외롭게 지내던 터라 대가족들이 모여 재미있게 지내는 것이 보기 좋았다.

신혼여행은 하와이로 갔다. 어렵게 부부가 된만큼 부부가 된 것을 기념하기 위한 여행은 사치를 부려도 괜찮다는 생각이 들었다. 하와이로 여행을 가는 이유는 해변이 아름답기 때문인데 하와이 해변은 모래알이 밀가루 입자처럼 고왔다. 그러다 보니 휠체어 바퀴가 푹푹 빠져서 휠체어가 움직일 생각을 하지 않았다.

"난, 여기서 볼 테니까 당신 혼자 해변까지 갔다 와요."

부인은 그 말에 대꾸도 하지 않고 뭔가 골똘히 생각하고 있었다. 그러더니 어디론가 막 뛰어갔다. 잠시 후에 나타난 그녀 손에 돗자리 두 개가 들려 있었다. 그러더니 그 돗자리를 깔아 휠체어가 올라가면 또

결혼식 날 신부 대기실에서

결혼식 장면

하나의 돗자리를 깔아 그곳으로 옮기게 하였다. 이렇게 돗자리를 계속 바꾸어 깔며 해변가로 진입하고 있었다.

그 모습을 보던 관광객들이 달려들어 돗자리 길을 만드는 것을 도와주었다. 용우는 처음 보는 사람을 위해 힘을 보태 주는 낯선 외국인들이 너무 고마워서 너스레를 떨었다.

"우린 신혼여행을 온 부부예요."

"와! 멋져요. 축하합니다."

"와이프에게 하와이 해변을 보여 주고 싶어서 왔는데 모래알이 너무 아름다워서 휠체어 바퀴가 놀랬나 봅니다."

"돈 워리(don't worry) 우리가 있지 않습니까."

삽시간에 해변가에 도착해서 바닷물에 발도 담그고 파도를 온몸으로 받으며 잊지 못할 추억을 만들 수 있었다. 아내의 적극적인 성격이 아니면 생각할 수도 없는 일이었다. 아내는 연애 시절에도 장애 때문에 생기는 문제를 적극적으로 해결하였다.

"거기 계단 몇 개 있지 않았나?"

"내가 있는데 뭐가 문제예요."

그녀는 계단 몇 개 정도는 휠체어로 이동하는데 능숙했다. 힘이 좋아서가 아니라 요령이 있었고 무엇보다 용우에게 생기는 모든 어려움을 해결해 주고 싶은 그녀의 사랑이 그 가녀린 몸에서 큰 힘이 뿜어져 나오게 만들었다.

사위 업어 주는 장인어른

...

처갓집 분위기는 정말 따뜻하다. 서로 위해 주는 분위기이다. 처가에 가면 맛집 순례를 한다. 그런데 이상하게 맛집은 휠체어 사용자에게 불편한 구조이다. 장인은 계단이 나타나면 등을 내민다.

"아, 아버님! 제가 어떻게……."

"사위도 자식이다. 돌아가신 너의 아버님도 너를 업어 주셨을 거 아니냐. 괜찮다. 업히거라."라고 하시며 불편한 사위를 업고 계단을 오르신다. 사위가 장인어른을 업어드려야 할 판인데 이 집은 거꾸로 되었다.

그런데 사위를 업어 주시겠다는 그 마음이 진심이어서 용우는 거절을 하지 않는다. 결혼을 반대하시던 장인이었건만 사위로 받아들이고 나신 후에는 아낌없이 지원해 주시는 든든한 지지자이다. 세상 사람들이 장인어른만 같으면 장애인에 대한 차별이 씻은 듯이 사라질 것란 생각이 들었다.

"김서방, 우리는 일 년에 한 번씩 가족 여행을 가거든. 그때 사돈도 함께 가시면 어떨까?"

"저희 어머니요?"

요즘은 결혼식이 끝나면 사돈끼리 만나는 일이 거의 없다고 한다. 서로 불편하니까 만나는 일을 만들지 않는 것이다. 그런데 이 집은 사돈과 함께 가족 여행을 갔다. 이렇게 사돈끼리 사이가 좋으면 고부간의 갈등이 생길 수가 없다. 대개 부부 갈등이 사돈 사이의 갈등에서 비롯되기도 하는데 이 집은 사위는 아들로 며느리는 딸처럼 대한다.

친척들까지 다 모이는 가족모임에서도 용우의 장애를 불편해하는 사람이 없다. 모두가 눈에 띄지 않게 용우의 불편을 덜어 주려고 조용히 노력한다. 5·18 민주화 운동이라는 큰 어려움을 겪은 광주여서 그런지 타인의 아픔을 이해하고 배려해 주는 성숙한 정신세계를 갖고 있다.

부부 생활의 필수는 대화

...

용우는 결혼 후에도 어머니와 살았다. 분가는 현실적으로 어려운 상태였다. 어머니는 며느리를 정말 딸처럼 대해 주셨다. 새색시도 대가족 분위기에 익숙한 탓에 어머니와 함께 지내는 것을 불편해하지 않았다. 서로 잘해 준다 해도 신혼은 둘만의 시간을 보낼 수 있는 공간이 필요하다. 그렇게 하지 못하는데서 오는 갈등이 없을 수 없다.

갈등을 인정하는 것이 갈등을 해소할 수 있는 방법이다. 그래서 두 사람은 끊임없이 대화를 한다. 대화를 통해 서로의 마음을 드러내어 이해시키고 공유하다 보면 마음이 편해진다. 그들이 대화를 나눌 때는 차 한잔이면 족하다. 젊은 부부들의 대화에 꼭 등장하는 와인이나 맥주 없이도 새벽 2시까지 대화가 이어진다.

그런데 그들의 대화는 항상 작품 콘셉트 회의로 바뀐다. 무용수로 동작을 연습할 때는 어떻게 하면 무용 동작을 잘 표현해 낼 수 있을까 생각하며 연습을 하면 되었다. 하지만 안무를 하면서 두 팔의 춤사위와 휠체어의 동작을 만들어 내야 해서 무용에 대한 고민을 더 많이 한다.

무용을 전공한 아내는 움직임에 강하다. 용우가 원하는 콘셉트를 다 듣고 나면 벌떡 일어나서 동작을 만들어 본다.

"좋아, 좋아. 손의 움직임은 그대로 가고, 발의 움직임은 휠체어가 따라가면 되겠어."

콘셉트 회의를 할 때는 부부가 아니라 각자 자기 전문성을 가진 전문가로서 팽팽히 맞서기도 한다.

"휠체어로 표현하면 그 느낌이 나지 않을 걸……."

"내 생각은 달라. 관중들은 무용수의 손과 발 동작을 따로 보지 않아. 눈에 들어오는 대로 보게 돼. 그러니까 휠체어 동작을 따로 생각할 필요는 없어."

"아냐, 일반 춤과는 달리 관객들은 휠체어에 주시하게 되어 있어요."

각자의 의견을 존중하지만 이런 격렬한 토론이 우리나라 장애인무용을 발전시키고 있다.

다시 신혼으로

...

올 4월에 드디어 분가를 하였다. 용우가 대학원에 입학을 해서 학교에서 가까운 곳에서 살아야 공부와 일 두 가지를 하는데 지장이 없을 것 같아서였다. 분가도 어머니께서 서둘러 결정해 주셨다.

"엄마는 앞으로 더 바쁘게 살끼다. 요양원에 갈 때 갖고 들어갈 돈은 내 손으로 벌어야 하지 않겠나."

엄마는 건강할 때 움직여야 한다고 지난해 가을부터 광장시장에 조그만 옷가게를 내셨다. 옷가게를 해 본 적이 있으셔서 그렇게 어려운 일은 아니었다. 엄마는 자식한테 의지해서 살아서는 안 된다는 생각 때문에 스스로 경제적인 문제를 해결하려고 하였다.

요즘은 불경기라서 장사가 잘 되는 편은 아니지만 엄마의 장사 노하우로 인건비 정도는 나온다고 한다. 이렇게 혼자 살아갈 준비를 마친 후 엄마는 아들의 분가를 결정하였던 것이다.

그렇게 해서 결혼 4년 만에 다시 신혼으로 돌아갔다. 두 사람은 마트에서 함께 장을 보고 둘이 함께 식사를 준비한다. 메뉴를 정할 때 하루는 남편이, 하루는 아내가 각자 잘 하는 요리를 하기로 하였다. 용우는 볶음요리에 자신이 있다. 장을 보지 않더라도 냉장고에 있는 재료를 이용해서 기름에 볶다가 밥을 넣으면 볶은밥이 된다. 반면 아내는 요리 품목을 정한 후 그 재료를 준비해서 레시피대로 하는 요리를 즐긴다. 맛있게 식사를 할 때도 부부의 대화는 이어진다.

설거지도 둘이서 나눠서 한다. 용우는 청소도 잘 한다. 사람들은 휠체어에 앉아서 청소기를 어떻게 돌리나 싶겠지만 용우에게 휠체어는 이미 자기 몸이 되었기 때문에 한 손으로 청소기 또 한 손으로 휠체어 바퀴를 돌리는 것쯤은 문제가 되지 않는다.

주위 사람들이 분가해서 좋겠다고 인사를 하지만 용우는 이제 가장으로서 모든 것을 책임져야 한다는 무거운 의무감이 생겼다. 2세 계획도 세우기로 하였다. 아내와 함께 공연을 하기 때문에 2세 계획을 세울 수가 없었다. 장애인무용이 막 시작되는 시점이라서 공연을 멈추면 그만큼 뒤처지게 되는 상황이라서 결혼 전부터 지금까지 계속 일에 매달려 있었다.

용우는 결혼을 했다고 여자가 가정 일에만 전념하기보다는 자기 일을 갖는 것이 필요하다고 생각하여 아내가 자기 계발을 할 수 있도록 외조를 해 준다. 결혼은 서로 다른 두 사람이 만나 원원할 수 있도록 서로를 지지해 주어야 행복한 부부가 될 수 있다고 믿고 있다.

아내도 결혼 후 자기 일을 열심히 하였다. 처음에는 아르바이트로 필라테스 레슨을 하다가 필라테스 교육 강사로 활동하였다. 요즘은 몸과 마음을 단련시키는 소마요법에 관심을 갖고 열심히 공부하고 있다. 현대인은 몸만 지치는 것이 아니라 정신적으로도 많이 지쳐 있기 때문에 심리적인 안정을 찾아 주기 위한 영성 훈련이 필요하다고 생각하기 때문이다.

계속 공부하고 싶어하는 아내를 위해 용우는 아내의 대학원 진학을 독려하고 있다. 부부가 둘 다 학업에 대한 욕구가 강해서 서로 통하는 점이 많다. 그들은 큰 목표도 중요하지만 부부가 함께할 수 있는 100가지 일들을 정해 놓고 한 가지씩 실천하면서 얻는 소소한 성취감으로 행복을 느끼고 있다.

그들이 있으면 무대가 빛난다

...

"저 두 사람 부부예요."

장애인과 비장애인이 한 몸이 되어 춤을 추는 모습을 보면서 사람들은 휠체어를 장애인 보장구가 아닌 무용 소품으로 생각하는 듯하다. 휠체어무용에 빠져 있는 관객에게 옆자리에 있던 행사 관계자가 무용수 관계가 부부라고 귀띔해 주면 그때부터 질문이 이어진다.

어쩌다가 장애를 갖게 되었느냐, 부인은 원래 무용수이냐, 아이는 있느냐 등 사람들이 궁금해하는 것은 거의 비슷하다.

"함께 공연을 하다가 부부의 연을 맺었으니까 휠체어무용이 중매를 한 셈이죠."

그렇다. 춤은 이제 부부의 삶이 되었다. 춤에 대한 열정과 무대에 대한 열망으로 무장한 부부 춤꾼이기에 그들이 있으면 무대가 빛난다.

처음 춤을 시작할 때 용우에게는 모든 것이 낯설었다. 친구들과 어울려 음악에 맞춰 몸을 흔들었을 뿐 춤에 대한 기본적인 상식조차 없어서 단어도 잘 몰랐고, 어떤 방식으로 동작을 만들어 가는지도 전혀 몰랐다.

그저 휠체어댄스스포츠 경기 장면을 비디오로 보고 멋있다고 감탄을 하며 부러워했던 것이 그를 춤추게 했다.

용우는 무용을 하면서 초창기에는 안무 선생님이 시키는 대로 춤을 추었지만 무용에 대한 욕심이 생기자 더 좋은 동작은 없을까 생각하게 되었다. 그래서 무대 위에서 연기를 하면서 찾은 동작에 대해 말씀드렸다.

"아, 그렇겠구나. 내가 그걸 몰랐네."

안무가도 용우 의견을 받아 주었다. 창조는 없는 것을 새로 만들어 내는 것보다 기존 것을 흡수해서 변형시키는 재창조부터 시작하는 작업이었다. 이렇게 계속 노력하다 보니 어느덧 자기 작품이 만들어지고 있었다.

무용은 추상적일 수밖에 없다. 그 추상성의 모호함을 극복하기 위해 스토리를 만들고 그것을 예술적으로 전달하기 위해 움직임이 생동적이어야 한다. 무용은 온몸을 사용하여 표현을 하지만 휠체어무용은 두 팔로만 표현을 해야 해서 한계가 있다는 말씀들을 하신다.

그래서 생각한 것이 바로 휠체어이다. 휠체어라는 도구를 무용에 적극 활용하는 것이다. 휠체어는 역동적이기 때문에 무용의 추상에 강렬한 스피드를 얹어 그는 멋진 휠체어무용을 탄생시켰다.

대회를 마치고

문화예술대상 시상식에서 축하공연

그가 춤을 추는 이유

...

김용우가 춤을 추는 이유는 뭘까? 그는 춤을 통해 하고 싶었던 것이 있다. 사람들이 장애인에 대해 갖고 있는 고정관념을 깨고 싶었다. 그는 다 성장해서 장애를 갖게 되었기 때문에 장애가 없을 때와 있을 때의 차이를 뼈저리게 경험하였다. 그래서 장애인에 대한 인식 개선이 무엇보다 우선되어야 한다는 것이 그의 소신이다.

그는 이런 얘기도 들었다. 무대 위에서 휠체어무용을 하는 것을 보는 것이 부담스럽다는 것이다. 장애인이 왜 그런 것까지 해야 되느냐며 휠체어무용에 거부감을 갖고 있는 사람들이었다.

사람들이 왜 그런 생각을 했을까? 흔히 장애인은 동적인 일보다는 가만히 앉아서 하는 정적인 일만 하는 것이 장애인 당사자도 편하고 그들을 보는 사회 사람들도 편하다고 생각하는 것이다. 한마디로 장애인은 장애 때문에 불편한 일은 하지 말라는 것인데 장애인이기 전에 인간이기 때문에 장애인은 자신이 하고 싶은 일을 통해 자기 정체성을 찾고 자존감을 가질 수 있는 것이다.

그래서 용우는 무대에서 최선을 다 한다. 무대에 오르기 전에는 더 많은 노력을 기울인다. 휠체어무용에 대한 평가는 장애인임에도 불구하고가 아니라 공연 내용으로 정정당당하게 평가받고 싶기 때문이다.

그는 무대 위에서 장애를 더 적나라하게 드러낸다. 휠체어에서 무대 바닥으로 털썩 내려앉아 바닥에 누운 채로 춤을 추다가 앉은 자세로 바꾸어 춤을 추다가 다시 휠체어에 올라탄다. 그리고 역동적으로 온 무대를 휠체어로 움직이며 춤사위를 만든다.

파트너가 장애인무용수를 리드한다고 사람들은 생각하지만 휠체어무용수가 비장애인 무용수를 리드하며 예술적으로 메시지를 전달하면서 표정으로 마음을 전한다. 이것이 춤의 정신인데 여기에 장애와 비장애의 구분이 존재하지 않는다.

큰 무대는 연기에 집중할 수 있어서 좋고, 작은 무대는 관객과 함께 호흡할 수 있어서 좋다. 그래서 용우는 큰 공연이든 작은 공연이든 마다하지 않고 최선을 다 한다.

큰 무대에서는 무용의 포스를 보여 주면 되고 작은 무대에서는 소통을 하면 된다. '손끝이 저를 가르키는 것 같았어요.'라고 말할 정도로 손 춤사위의 느낌이 전달되는 장점이 있다.

휠체어로 춤을 추려면 댄스 플로어가 깔려 있는 것이 가장 좋지만 고무바닥, 마루바닥, 양탄자 그 어떤 조건이든 거기에 맞춰 춤을 춘다. 양탄자가 깔린 바닥에서는 휠체어 바퀴가 잘 굴려지지 않기 때문에 춤

공연 리허설

공연 포스터 춤추는 시

을 추기에는 최악의 상태이지만 그렇다고 갔다가 되돌아올 수는 없고, 자기 때문에 양탄자를 걷어 낼 수도 없기에 그는 바닥 상태에 따라 작품을 선택했다. 양탄자 바닥에서는 느린 음악에 맞춰 느린 동작의 춤을 춘다.

공연 환경을 따지다 보면 휠체어무용을 보여 줄 기회를 놓치게 되기에 용우는 공연 환경에 작품을 맞추기로 하였다. 공연은 그냥 이루어지는 것이 아니다. 음향이나 조명 등이 완벽해야 좋은 공연이 이루어질 수 있다. 하지만 아직 장애인 공연은 기회를 주는 것만으로도 고마워하라는 식이라서 공연 환경을 요구할 수 없을 때가 많다.

용우는 공연을 하기 전에 반드시 공연장 헌팅부터 한다. 강당은 무대가 높아서 관객들에게 휠체어의 움직임을 시원스럽게 보여 줄 수 있어서 좋지만 무대 가장자리에 작은 턱 같은 안전 장치가 없어서 춤을 추다가 무대 밖으로 떨어질 수가 있다. 휠체어는 미끄러지는 성질이 있고 연기에 몰두하다 보면 떨어지지 않도록 조심해야겠다는 생각을 하지 않게 되어서 위험에 처하게 될 때가 있다.

한번은 파트너를 쭉 밀어 이별 장면을 연출하다가 휠체어 바퀴가 무대 밖에 걸친 적이 있다. 몸을 앞으로 바싹 숙여 무게 중심을 앞쪽으로 순간 이동을 시키지 않았더라면 무대 아래로 떨어질 뻔하였다. 아찔한 순간을 직면하고 나니 팔에 힘이 풀려서 휠체어 바퀴를 밀 힘이 없었다. 이런 경우 비장애인들은 다리가 풀려서 주저 앉았다고 할 것이다.

휠체어로 무용을 하기 위해서는 적어도 무대의 가로 크기가 6~8m는 되어야 연기를 할 수 있다. 5m는 어떻게 해 본다 해도 4m 미만일 때는 무용의 움직임을 만들어 낼 수가 없다. 그런데 좁은 공간에서 공연을 해 달라고 무조건 조르는 경우가 있는데 휠체어무용을 제대로 보여 줄 수 없는 환경에서는 정중히 거절한다. 그것이 서로를 위해 좋은 일이다.

 공연을 하러 다니다 보면 예기치 않은 일을 당한다. 어떤 때는 식당에서 식탁을 치우고 공연을 할 때도 있었다. 공연을 할 수 없는 환경이었지만 관객들의 호응이 너무 열렬해서 그곳이 식당인 줄 모르고 공연에 몰입했다. 공연 환경에서 관객의 호응도가 얼마나 중요한가를 잘 말해 준다.

 또 한번은 공연을 갔는데 분위기가 카바레 비슷하였다. 같이 간 파트너가 울면서 도저히 공연을 하지 못하겠다고 하여 돌아온 적이 있었다. 공연은 싫은 마음으로는 할 수도 없고 해서도 안 된다. 휠체어무용의 가치를 인정해 주는 곳이 아니면 멋있는 공연이 이루어질 수 없다.

공연 기획자

...

예전에는 공연 섭외가 들어오면 가서 춤을 추는 것으로 만족하였지만 이제는 장애인무용을 발전시켜야 한다는 책임감이 생겨서 다른 장애인무용수들과 함께하는 공연을 기획한다. 예산은 한국문화예술위원회에서 실시하는 장애인문화예술 향수지원사업에 응모하여 마련하였다. 사업계획서를 작성하고 예산을 받아 집행하는 과정이 까다롭고 힘들었지만 자기가 공연을 기획하고 직접 연출해서 무대에 올릴 수 있다는 기쁨에 힘든 줄도 몰랐다.

장애인무용하면 휠체어만 생각하기 때문에 모든 장애 유형의 무용수들이 함께 춤을 출 수 있는 공연을 떠올리게 되었다. 우선 청각장애인은 춤을 잘 출 수 있기 때문에 함께 공연을 한 적이 많아서 걱정할 것이 없었다. 문제는 시각장애인이었다. 시각장애인도 춤에 대한 욕구가 있다는 것을 알리고 싶었다. 그래서 평소 알고 지내던 시각장애인 친구가 몸이 유연해서 춤을 잘 출 수 있을 것 같다는 생각이 들어서 제안했다.

"나랑 공연 함께해 볼래요?"

"제가 춤을요?"라며 깜짝 놀랐지만 정말 해 보고 싶은 일이라며 흔쾌히 허락해 주었다. 용우는 그녀에게 일일이 손으로 동작을 만들어 주었다. 처음에는 어색하기 짝이 없었지만 연습을 거듭하면서 무용 동작이 살아났다. 문제는 공연을 할 때 어떤 방식으로 사인을 보내느냐였다.

용우는 혼자 고민에 빠져 있었다. 공연은 무대 연출자의 수신호에 의해 진행이 되기 때문이다. 청각장애무용수는 조명으로 신호를 보낸다는 생각에 이르자 '아, 악기로 신호를 보내면 되겠구나.'라며 시각장애무용수에게 연출 신호를 보내는 방법을 찾았다. 그 순간 용우는 대단한 원리를 발견한 기분이 들었다.

드디어 2016년 겨울 이음센터 5층에서 〈춤추는 시〉라는 타이틀로 공연을 하였다. 객석과 무대를 분리시키지 않고 가운데에 무대를 두고 빙 둘러앉거나 서서 관람을 하게 하였다. 관객도 함께 무대에 있다는 생각이 들게 하였다.

공연의 전 과정을 용우 혼자 해낸 첫 번째 작품이었는데 장애인무용의 참 뜻을 던져 준 의미 있는 공연이었다.

요즘도 15분짜리 공연을 몇 개 만들어서 공연 분위기에 맞는 작품을 무대에 올리고 있다. 용우와 파트너 외에 장애인무용수를 등장시켜 좀 더 다양한 모습으로 강한 메시지를 전달하고 있다.

공연 요청을 하면서 가장 많이 하는 질문이 '얼마 드려야 돼요?' 이다. 공연 비용은 최저 얼마 이상이라고 말하는 것이 옳다. 일반적으로 상품의 가격은 크게 재료비와 인건비로 정한다. 공연을 세팅하는 재료비는 주최 측에서 부담하는 것이고 무용수는 인건비만 받으면 된다고 생각한다.

그런데 그 인건비에 안무비, 편곡비, 의상비, 연습을 하는데 소요되는 교통비나 식대 등 시시콜콜 따지자면 한도 끝도 없지만 그런 과정 다 무시하고 잠시 와서 춤 한번 추는 게 뭐 그리 힘드냐고 출연료를 너무 많이 요구한다고 말하는 사람이 있다.

물론 그 말도 이해가 되지 않는 것이 아니다. 하지만 장애인무용수는 예술인이다. 따라서 작품을 실연하는 사람이기에 인건비를 단순히 책정하면 안 된다. 너무나 적은 예산으로 너무나 많은 것을 요구하는 것은 장애예술인에 대한 사회적 평가가 낮기 때문이다.

장애인 행사에서도 걸그룹 초청하는데는 천만 원대의 출연료를 주고도 교통비만 주었을 뿐 자선공연이라고 추켜세워 주면서 장애예술인은 적은 출연료를 주고도 생색을 내는 것이 다반사이다.

우리나라 장애인예술이 발전하기 위해서는 장애예술인에 대한 출연료 제도가 공식화되어야 한다.

이야기가 있는 춤

...

인문학 열풍이 불면서 학교나 공공기관 그리고 기업에서 직원 역량 강화를 위해 강사를 초청해서 강연을 듣는 프로그램을 많이 시행한다. 그래서 김용우에게 강연 요청이 심심치 않게 들어온다.

김용우라는 삶 자체가 스토리텔링의 구성요소를 갖추고 있기 때문이다. 그래서 처음에는 건강했던 시절부터 장애를 갖게 된 사연 그리고 휠체어댄스스포츠 선수와 휠체어 무용가로 활약하게 된 과정을 ppt를 이용해서 설명하는 형식으로 강연을 진행하였다. 그런데 학교에서 강연을 하고 있을 때 저학년 학생이 손을 번쩍 들었다.

"휠체어로 어떻게 춤을 추는지 보여 주세요."

한 학생이 용기를 내어 말하자 다른 학생들도 보여 달라고 말하기 시작하였다. 용우가 핸드폰에 저장된 음악을 틀고 춤을 추기 시작하자 산만했던 아이들이 김용우의 그 신기한 춤에 집중하여 강당 전체가 조용해졌다. 춤이 끝나자 아이들은 손바닥이 터져라 박수를 쳤다.

그 모습을 무대 아래에서 지켜봤던 아내가 돌아오면서 이런 제안을

강의 장면

했다.

"앞으로 강연 때 춤을 넣는 것이 좋겠어요. 스토리를 말로 전달하는 것보다 무용으로 표현하는 것이 훨씬 효과가 좋을 것 같아요. 강연이라고 꼭 말로 하라는 법은 없잖아요. 당신의 장점을 최대한 보여 줄 필요가 있어요."

아내의 조언대로 강연에 무용이 들어가자 관객들의 반응이 뜨거웠다. 김용우 혼자 무용 동작을 보여 주는데 그치지 않고 아내와 함께 제대로 공연을 하자 휠체어무용에 푹 빠져들었다.

강연 요청이 이어졌다. 강연을 했던 곳에서 다시 강연을 요청하기도 하였다. 직원이 다른 사람이라고는 하였지만 그래도 똑같은 내용을 반복한다는 것은 예술인으로서의 자세가 아니기에 춤을 추는 다른 장애인무용수를 등장시켰다.

고아라는 청각장애인 발레리나인데 소리는 듣지 못해도 말은 할 수 있다. 어눌한 말투로 학교에서 왕따를 당한 경험, 청각장애 때문에 발생하는 자잘한 오해 등을 소개하며 춤을 추었다. 1시간 동안 서로 다른 장애를 가진 두 사람의 삶의 스토리가 감동적으로 전해지면서 마치 그 이야기를 증명이라도 하듯이 무용으로 보여 주자 한 편의 뮤지컬을 본 것 이상의 재미와 감동이 있어서 강연은 대박이었다.

하고 싶은 일이 많다

...

용우는 휠체어댄스를 일본에서 배워 왔다. 우리나라는 아무것도 없을 때 일본는 이미 휠체어댄스의 정상에 올라 있었다. 그런데 요즘 일본에서 용우를 초청하여 휠체어무용에 대해 배운다. 동작도 가르쳐 주고, 안무도 짜 준다.

특히 일본은 도쿄장애인올림픽을 벌써부터 준비하고 있는데 휠체어무용을 선보이기 위해 한국의 도움을 받고 있다. 용우가 가르친 일본 무용수는 의족을 사용하는 휠체어댄스스포츠 선수인 오마에 코이찌인데 현대무용을 하고 싶다고 했다. 그는 오사카예술대학에서 발레를 전공하였는데 교통사고로 왼쪽 다리를 잃고 의족을 사용하고 있다.

발레리나였던 오마에 코이찌는 장애를 갖게 된 후 휠체어댄스스포츠 선수로 활약하고 있다. 그런데 한국에 휠체어무용이 있다는 것을 알고 개인 레슨을 요청했던 것이다.

그가 도쿄장애인올림픽 사전 행사에 휠체어무용을 한다고 하여 free dance를 이틀 동안 집중적으로 교육시켜 주었다.

해외공연중 잠시 쉬어감

우리나라 장애인무용의 역사는 매우 짧다. 그래도 국제장애인무용제가 개최될 정도로 한국장애인무용은 세계적으로 발돋움하였다. 그런데 인프라가 마련되지 않은 상태에서 급성장하다 보니 비장애인무용수들이 협업이라는 미명 아래 장애인무용 분야를 차지하게 되었다.

우리나라 장애인무용수는 손으로 꼽을 정도이다. 뇌성마비 퍼포머 강성국, 청각장애인으로 한국무용을 하는 김영민, 발레를 하는 고아라가 대중적인 활동으로 이름을 올리고 있다. 용우처럼 휠체어댄스스포츠를 하다가 무용을 하고 있는 휠체어 무용수들이 몇몇 있지만 지금은 시작 단계이다.

이들이 주축이 되어 후배 무용수들이 양성이 되면서 한 단계씩 밟아 올라가야 탄탄한 장애인무용계가 형성되었을 텐데 지금은 공연을 하기 바쁘다. 그런데 공연을 할 수 있는 사람들은 선택받은 몇 명에 지나지 않는다. 그 몇 안 되는 장애인무용수들이 모든 공연을 커버해야 한다.

그래서 마치 행사용 소모품으로 사용되고 있다는 자괴감이 든다. 장애인무용이 일반무용에 비해 부족한 점이 있다는 것은 인정하지만 그렇다고 장애인무용계에서조차 장애인무용수들이 주도적인 역할을 하지 못한다면 장애인무용계는 의미가 없는 것이다.

당장 던져진 공연에 매달려 활동을 하는 장애인무용수들의 미래를 위해서는 장애인무용계가 비장애인무용 못지 않은 수월성을 확보해야 한다는 생각이 들었다. 장애인무용수들이 무용 외에 전문적인 관리 능력을 갖추어야 외부에 의지하지 않고 자력으로 전문 무용수로서 일어설 수 있다.

그래서 김용우는 장애인무용의 이론을 만들고 싶다는 강한 욕구를 갖게 되었다. 즉흥적으로 그날그날의 컨디션에 따라서 달라지는 춤이 아니라 일정한 기준이 마련되어야 관객들이 합리적인 평가를 내릴 수 있기 때문이다. 관객들이 장애라는 인식의 잣대가 아닌 무용 전문가들이 합의한 장애인무용 기준에 의해 평가할 수 있도록 장애인무용계의 체질을 바꾸고 싶었다.

어떻게 춤을 추고, 어떻게 해야 공연의 예술적 가치를 높일 수 있는지 알고 싶어서 뒤늦게 공부를 결심하게 되었다.

용우는 다치고 나서야 공부에 대한 필요성을 더 느끼고 있다. 선수 시절 영남사이버대학교 댄스스포츠학과에 편입학을 하지 않았다면 대학원 진학은 꿈도 꾸지 못했을 것이다. 경영학을 공부했기 때문에 댄스스포츠에 대해서는 문외한이라서 답답할 때가 많았다. 그때 마침 지인 분이 그 학교 교수여서 편입학을 결심하게 되었다. 처음 접하는 학문 분야였지만 이미 댄스스포츠 선수로 활동을 하고 있어서 그런지 공부가 귀에 쏙쏙 들어왔다. 아주 재미있었다.

그래서인지 학교 다니면서 과 수석을 할 정도로 성적이 좋았다. 그때 공부에 자신감을 갖게 되어 계속 공부에 미련이 생겼다. 초중고 과정을 마치고 대학에 갈 때는 그냥 대학에만 합격하면 목표가 달성되는 것이라고 생각했기에 어떤 공부를 하고 싶은지 깊이 생각해 보지 않았었다.

그저 사장이 되려면 경영학과에 가야 한다는 아버지 말씀 한마디에 전공이 결정되었다. 그러다 보니 공부에 큰 관심이 없었고 따라서 흥미도 느끼지 못하였다. 하지만 현장에서 모르는 것에 대한 답답함과 앎에 대한 갈급함으로 공부를 하자 그렇게 재미있을 수가 없었다. 한 가지씩 알아 가는 것에 대한 기쁨이 너무나 컸다.

사실 학교에 가서 커리큘럼에 따라 수업을 듣고 교수님이 내주는 과제를 작성하고 시험을 치르며 학점을 이수하는 과정을 잘해 낼 수 있을까 걱정이 앞선다.

기초 없이 새로운 학문을 이해할 수 있을지도 자신이 없다. 실기 과목 역시 만만치 않다. 그가 한 것은 장애인무용이라서 교수들이 그것을 받아들이는데 온도 차이가 있을 것이기에 자기의 장점이 가장 큰 단점이 될 수 있을 것이다.

더욱 큰 걱정은 편의시설 문제이다. 사회복지학과 강의는 새로 지은 건물이라서 엘리베이터가 다 설치되어 있지만 예술전공학과 교사(校舍)는 옛날 건물이다. 일단은 1층 강의실이나 편의시설이 있는 강의실에서 진행되는 수업을 수강하고 학교 분위기에 익숙해지면 그때 편의시설 문제를 학교 측과 논의해 보는 것으로 마음을 정했다.

논문계획서를 냈는데 이미 주제도 정해져 있고 선행연구도 어느 정도는 정리되어 있는 상태라서 오히려 논문에 대한 두려움은 없다. 논문 주제가 정확하면 그에 필요한 과목을 공부하면서 2년 동안 논문을 진행하면 학위를 빨리 취득하게 된다는 조언을 해 주었다.

장애인 단원들과 함께

성균관대학교 예술학협동과정에서 공부를 시작하는 용우는 공연 횟수를 줄이고 학업에 매진하기로 하였다. 김용우가 장애인무용 전문가로 펼치고 싶은 꿈이 있기에 지금은 잠시 무대 위에서의 모습은 뜸해질지도 모른다.

　이제부터는 잠시 숨을 고르고 긴 호흡으로 미래를 다시 계획할 시기가 되었다고 김용우는 생각하고 있다. 그래서 세상을 좀 넓게 보려고 애쓰고 있다.

| 주요 경력 |
(사)빛소리친구들 무용단 단장
(사)한국척수장애인협회 문화예술위원
(사)한국장애예술인협회 이사
장애인댄스스포츠연맹 중앙 (전임)이사 및 (현)심판위원
동아난달 '혼울림 예술회' 고문
평창동계올림픽 장애인 멘토 선정 외.

| 휠체어댄스스포츠 선수 경력 |
2002년 한국 최초의 휠체어댄스스포츠 선수
2003년 일본 휠체어댄스스포츠 경기대회 결승 진출
2004~2009년 휠체어댄스스포츠 국가대표
2005~2008년 한국·홍콩·일본·대만 휠체어댄스스포츠 아시아대회 우승
2006~2008년 휠체어댄스스포츠 세계선수권 결승 진출 6위, 4위
2009년 북경 국제휠체어댄스스포츠 경기대회 2등 외.

| 수상 |
대한장애인댄스스포츠연맹 공로상
한국척수장애인협회 1회 자랑스러운 척수장애인상
도전 한국인운동본부 한국판 기네스 인증 대한민국 최고기록 인증상
제8회 자랑스런 한국장애인상
제10회 대한민국 장애인 문화예술대상 대상(대통령상) 외.

| 휠체어무용 주요 공연 |
2006년 전국무용제 초청공연
2006년 제1회 장애극복증진대회 축하공연
2006년 장충체육관 중국 장애인기예단 초청공연 "My Dream" 공연
2006년 시청 앞 광장 푸르메재단 테마 콘서트 "포기하지 말아요" 공연
2007년 일본 나고야 한국 장애인 예술가 초청공연
2007년 제1회 장애극복재활증진대회 축하공연
2007년 샘표 스페이스 개막식 축하공연

2007년 국회의원회관 대회의실 "장애인문화초대석" 공연
2008년 시청 광장 "하이 서울 페스티벌" 공연
2008년 코엑스 광장 "강남 댄스 페스티벌" 공연
2008년 "FUN 댄스 페스티벌" 공연
2009년 세계장애인문화예술축전 개막식 공연
2009년 홍지관 대림아트홀 "제2회 필로스장애인무용단 정기공연" 축하공연
2009년 영천 시민체전 축하공연
2009~2012년 장애인무용단 "빛소리친구들" 정기공연
        정기공연 "무용과 음악 휠체어를 타다"(어울림 대극장 공연)
        정기공연 "무용과 음악 휠체어를 타고 날다"(KNUA HALL)
        창단기념공연 둥글게 둥글게(나루아트센터)
        정기공연 "무용과 음악 휠체어를 타고 하늘에서 내려오다"(은평문화예술회관)
        Fun Dance Festival 장애인무용축제
2010년 제5회 대한민국장애인문화예술대상 시상식 축하공연
2010년 서울문화재단 홍은예술 창작센터 "춤 열다 1" 서대문문화예술회관
2010년 대덕문화전당 "휠체어 춤으로 세상을 만나다" 공연
2010년 시청 앞 광장 "장애인 문화예술 국민대축제" 공연
2010년 경희대 평화의 전당
        "중국장애인예술단 초청공연 MY DREAM 2010" 공연
2010년 제30회 장애인의 날 기념식 개막공연(63빌딩)
2010년 대한병원협회 국제심포지움 개막공연(63빌딩)
2010~2011년 부산국제무용제 초청공연
        제7회 부산국제무용제 폐막식공연(부산문화예술회관)
        제8회 부산국제무용제 폐막축하공연(06. 05. 부산문화예술회관)
2011년 대학로예술극장 "무엇을 바라보는가?" 공연
2011년 강남구민회관 "제13회 장애인의 날 기념식" 축하공연
2011년 장애인기능올림픽 개막식 공연(올림픽 공원 "올림픽 홀")
2011년 서대문문화회관 대극장 "춤, 열다 2" 공연
2011년 경기도 문화의 전당 "제2회 대한민국 장애인 음악제" 공연
2011년 제3회 빛소리친구들 정기공연 "휠체어무용 이야기" 공연
2011년 제1회 전 일본 휠체어댄스스포츠 선수권대회 초청공연
2012년 제6회 전국장애학생체육대회 전야제 초청공연(아람누리 대극장)
2010~2011년 척수장애인협회 문화 나눔공연
        서울·대구·광주·강릉 순회 "삼인삼색" 서울·대구·광주·강릉·공연

2012년 일본 후쿠오까, 오끼나와 초청공연
　　　　일본 후쿠오카 아사쿠라시 하키축제 초청공연
　　　　오끼나와 키지무나 페스타 초청공연
2012~2013년 청주 예술의 전당 시립국악단 초청공연
2012년 청담동 유시어터 "청담, 춤으로 날다 2" 공연
2012년 고양아람누리 대극장 "감동의 눈물, 환희의 질주" 공연
2012년 청주예술의전당 장애인 사랑음악회 "공감" 공연
2012년 거제문화예술회관 "경남 장애인 예술제" 초청공연
2012년 대전 평생학습관 대강당 "꿈·희망 나눔 콘서트" 공연
2013년 전국장애인 무용축제 공연
2013년 경찰의 날 기념식 축하공연(세종문화 회관)
2013년 청주 예술의 전당 "그 마음 이제야 헤아립니다" 초청공연
2013년 평창 장애인올림픽 엠블럼 선포식 공연
2013년 서울여성플라자 "제7회 전국장애청소년예술축제" 초청공연
2013년 척수장애인과 함께하는 "문화 나눔 콘서트" 공연
2013년 NH아트홀 "제1회 대한민국장애인예술경진대회" 축하공연
2013년 서울여성플라자 "장애인 거주시설 이용자 참여제" 축하공연
2013년 화성시 평생학습 콘서트 "누구나 공감의 바다가 있다" 공연
2013년 파크사이드 재활병원 환우 위문공연
2013년 제5회 빛소리친구들 정기공연 "휠체어무용 이야기" 공연
2013년 인제 하늘 내린 센터 빛소리친구들 "겨울 이야기" 공연
2014년 인천 송도 컨벤시아 "노피 노피 페스티벌" 공연
2014년 제주 전국장애인뮤직페스티벌 공연
2014년 도전한국최고 수상 및 축하공연
2014년 "3인3색" 문화나눔 순회 공연 일산·천안·논산·제주
2014년 인천 국제 장애인 문화엑스포 공연
2014년 기아자동차 후원 초록여행 광주 개소식 공연
2014년 동의난달 "혼 울림 예술회" 발대식 공연
2014년 장애인 무용축제 "Fun Dance Festival" 공연
2014년 장애인문화예술 축제 "개막식" "무용축제 공연"
2014년 제6회 빛소리친구들 정기공연 "휠체어무용 여행" 공연
2014년 주몽재활원 "송년페스티벌" 공연
2014년 국회 의원회관 대회의실 빛소리친구들 송년공연 "산다는 건"
2014년 국회 헌정기념관 사랑의 릴레이 "희망나눔 콘서트" 공연

2015년 핀란드 ACCAC 페스티벌 초청공연
2015년 장애인의 날 "누리축제" 공연
2015년 장애인인식 개선 토크콘서트 "희망충전" 공연
2015년 이룸센터 "이룸 봄꽃 축제" 공연
2015년 KBS "열린음악회" 공연
2015년 장애인식 개선 "희망의 큰북을 울려라" 축하공연
2015년 호암예술회관 "전국 시·청각 장애학생 가창 및 무용대회" 축하공연
2015년 평창올림픽 D-1000일 기념축제 "천일의 약속" 공연
2015년 국립국악원 "우리도 스타" 공연
2015년 용산 미군기지 "독립기념일" 축하공연
2015년 창작공연 "춤추는 시" 연출 및 공연
2015년 양산부산대학교 병원 "3人3色" 공연
2015년 제10회 "척수장애인의 날 기념대회" 축하공연
2015년 장애인문화예술축제 "DCA FESTIVAL" 공연
2015년 "이음센터" 개관식 축하공연
2015년 대구 시민회관 그랜드콘서트홀 "장애인과 함께하는 Perhaps" 공연
2015년 솟대문학 100호 기념공연
2016년 제2회 평창 페럴림픽 데이 축하공연
2016년 여의도공원 "누리축제" 공연
2016년 세계 한류 대상·글로벌 고객만족대상 시상식 축하공연
2016년 한국무용협회-열정 NO.1 젊은 춤꾼들의 이야기
2016년 제주 장애인예술축제 "다-아트 페스티벌" 공연
2016년 충청남도 장애인 체육대회 개막식 축하공연
2016년 문화가 있는 날 이음센터 공연
2016년 핀란드 ACCAC 카니발-탐페레. 요엔수. 2개도시 초청공연
2016년 솔안 아트홀 "희망나눔 콘서트" 공연
2016년 장애인 문화예술축제 "리날레" 공연(마로니에공원)
2016년 장애인 문화예술축제 "리날레 in 부천" 공연
2016년 광주교육대 풍향문화관 "우리들이 세상을 바꿀 수 있을까?" 공연
2016년 아산 이순신기념관 제36회 전국장애인전국체전 성화 채화식 공연
2016년 고양호수예술축제 공연
2016년 국회헌정기념관 제1회 행복 나눔 대상 시상식 축하공연
2016년 호암예술회관 "오즈의 마법사" 축하공연
2016년 제36회 전국장애인전국체전 개막식 식전공연

2016년 반석아트홀 "화성 춤 Festival" 공연
2016년 의정부장애인예술제 개막식 축하공연
2016년 경기여고 장애인인식 개선 "빛소리친구들" 공연
2016년 제11회 남구 청소년합창단 정기연주회 "사랑을 드려요" 축하공연
2016년 제11회 대한민국장애인문화예술대상 축하공연
2016년 제8회 빛소리친구들 정기공연 "공존" 공연
2016년 한우리복지관 정기공연 연출 및 공연
2016년 그랜드하얏트 호텔 그랜드볼룸 "대한민국 톱스타상 시상식" 축하공연
2017년 노원어울림 극장 "푸르나메 희망콘서트" 공연
2017년 창원실내체육관 "척수장애인 어울림대회" 공연
2017년 국립재활원 재활연구 국제심포지엄 축하공연
2017년 관악구민회관 "김용우 & 빛소리친구들 Wheel Dance" 공연
2017년 핀란드 ACCAC KICOFF ESPOO 초청공연
2017년 제14회 "국제장애어린이축제-극장으로 가는 길" 초청공연
2017년 장애인예술축제 DCA Festival 무용축제 공연
2017년 장애인 편의증진대회 공연 외.

| 출연작품 |
2009년 한국 창작 무용 "작은 꿈 그리고 감사" 이애현 안무
　　　　창작 발레 "또 하나의 마음" 우광혁 안무
2010년 현대무용 "무엇을 바라보는가" 이동원 안무
2011년 한국창작무용 "경희의 꿈" 이애현 안무
　　　　현대무용 "하늘빛 오랜지" 김봉순 안무
2012년 한국창작무용 "화랑, 검의 노래" 이애현 안무
　　　　창작무용 "동상 이몽" 김삼진 안무
2013년 한국창작무용 "산다는 건" 이애현 안무
2014년 현대무용 "Cluster" 신창호 안무
2015년 현대무용 "The Look" 신창호 안무
2016년 한국무용 "共存" 이정윤 안무 외.

| 안무작품 |
2011년 현대무용 "The First Love" 김용우·이소민 공동안무

2012년 현대무용 "Attractive Tango" 김용우·이소민 공동안무
2013년 창작무용 "광야를 날아서" 김용우 안무
2013년 현대무용 "너에게로 가는 길" 김용우·이소민 공동안무
2014년 현대무용 "연리지" 김용우·이소민 공동안무
2014년 현대무용 "더 높은 곳을 향하여" 김용우 안무
2014년 현대무용 "사랑의 줄다리기" 김용우 우보람 공동안무
2015년 한국무용 "풍운지기" 김용우 안무
2015년 현대무용 "Dreamer" 김용우 안무
2015년 현대무용 "반응" 김용우 이소민 공동안무
2015년 현대무용 "Life is…" 안무
2017년 현대무용 "Life is… two" 안무 외

| 행사 초청 |
2014년 기아타이거즈 초청 광주 챔피언스 필드 시구
2014년 인천장애인아시안게임 "휠체어댄스스포츠" 해설위원 외